无疆的文学

世 界 的 音 符

尚
书
房

走向世界的中国作家

手上的星光

邱华栋 著

CHINESE WRITERS
WITH WORLDWIDE INFLUENCE

文化发展出版社
Cultural Development Press

图书在版编目（CIP）数据

手上的星光/邱华栋著．—北京 ：文化发展出版社，2016.9（2019.7重印）
ISBN 978-7-5142-1408-6

Ⅰ．①手… Ⅱ．①邱… Ⅲ．①中篇小说－小说集－中国－当代
Ⅳ．①I247.5

中国版本图书馆CIP数据核字(2016)第164846号

手上的星光

邱华栋/著

出 版 人：赵鹏飞
总 策 划：尚振山　曹振中
责任编辑：肖贵平
责任校对：岳智勇　　**责任印制**：杨　骏
责任设计：侯　铮　　**排版设计**：麒麟传媒

出版发行：文化发展出版社（北京市翠微路2号　邮编：100036）
网　　址：www.wenhuafazhan.com
经　　销：各地新华书店
印　　刷：三河市金元印装有限公司
开　　本：889mm × 1194mm　1/32
字　　数：127千字
印　　张：7
印　　次：2016年9月第1版　2019年7月第3次印刷
定　　价：49.80元
I S B N ：978-7-5142-1408-6

◆ 如发现任何质量问题请与我社发行部联系。发行部电话：010-88275710

编委会

野　莽：中国作家，编辑家，出版家。作品被翻译成英、法、日、俄等国文字。国外出版有法文版小说集《开电梯的女人》等多部作品。主编有中、英文版“中国文学宝库”（50卷），中文版“中国作家档案书系”（30卷，与雷达），“中国当代长篇小说评点绘画本丛书”（15卷）及“中国当代精品文库”等大型丛书数百种。

安博兰：（Geneviève Imbot-Bichet），法国汉学家，汉法文学翻译家，出版家。法国 Éditions Bleu de Chine 创始人。早年于台湾学习汉语，曾在法国驻华使馆（北京）任职。现为法国珈利玛出版社（Gallimard）中国蓝丛书负责人，法国“中国之家”文化顾问。曾翻译出版了大量中国作家的作品，其中最具影响力的有荣获法国三大文学奖之一——费米纳（Fémina）外国文学奖的《废都》。

吕　华：中国翻译家。曾任中央编译局中央文献翻译部法文处处长，中国外文局中国文学出版社副总编辑，中译法最终审稿、定稿人。对外翻译过三任国家领导人的文集。文学翻译有法文版长篇小说《带灯》以及大量中国当代作家如汪曾祺、陆文夫、贾平凹、韩少功、陈建功、刘恒、莫言、阎连科、周大新、王安忆、铁凝、方方等的代表作。

贾平凹：中国作家，书法家，画家。中国茅盾文学奖、费米纳文学奖、法国政府奖、美国美孚飞马文学奖获得者。作品被翻译成英、法、德、意、西、捷、俄、日、韩、越等二十多种文字。在国外产生影响的有英文版长篇小说《浮躁》，法文版长篇小说《废都》《土门》《古炉》等。

周大新：中国作家。中国茅盾文学奖获得者。作品被翻译成英、法、德、朝、捷等十多种文字。国外出版有法文版长篇小说《向上的台阶》等多部作品。由其短篇小说《香魂塘畔的香油坊》改编的电影《香魂女》获柏林国际电影节金熊奖。

尚振山：尚书房图书出版品牌创始人。出版有“中国名家随笔丛书”、“中国文学排行榜丛书”、“中国小小说名家档案”（100卷）等。

不仅是为了纪念

——“走向世界的中国作家”文库总序

野　莽

尚书房请我主编这套大型文库，在一切都已商业化的今天，真正的文学不再具有20世纪80年代的神话般的魅力，所有以经济利益为目标的文化团队与个体，已经像日光灯下的脱衣舞者表演到了最后，无须让好看的羽衣霓裳做任何的掩饰，因为再好看的东西也莫过于货币的图案。所谓的文学书籍虽然也仍在零星地出版着，却多半只是在文学的旗帜下，以新奇重大的事件冠以惊心动魄的书名，摆在书店的入口处引诱对文学一知半解的人。尚书房的出现让我惊讶，我怀疑这是一群疯子，要不就是吃错药由聪明人变成了傻瓜，不曾看透今日的文化国情，放着赚钱的生意不做，却来费力不讨好地搭盖这座声称走向世界的文库。

但是尚书房执意要这么做，这叫我也没有办法，在答应这事之前我必须看清他们的全部面目，绝无功利之心的传说我不会相信。最终我算是明白了他们与上述出版人在某些方面确有不同，私欲固然是有的，譬如发誓要成为不入俗流的出版家，把同行们往往排列第二的追求打破秩序放在首位，尝试着出版一套既是典藏也是桥梁的书，为此已准备好了经受些许财经的风险。我告诉他们，风险不止于此，出版者还得准备接受来自作者的误会，这计划在实施的过程中不免会遇到一些未曾预料的问题。由于主办方的不同，相同的一件事如果让政府和作协来做，不知道会容易多少倍。

事实上接受这项工作对我而言，简单得就好比将多年前已备好的课复诵一遍，依照尚书房的原始设计，一是把新时期以来中国作家被翻译到国外的，重要和发生影响的长篇以下的小说，以母语的形式再次集中出版，作为中国当代文学的经典收藏；二是精选这些作家尚未出境的新作，出版之后推荐给国外的翻译家和出版家。入选作家的年龄不限，年代不限，在国内文学圈中的排名不限，作品的风格和流派不限，陆续而分期分批地进入文库，每位作者的每本单集容量为二至三个中篇，或十个左右短篇。就我过去的阅读积累，我可以闭上眼睛念出一大片在国内外已被认知的作品和它们的作者的名字，以及这些作者还未被翻译的 21 世纪的新作。

有了这个文库，除去为国内的文学读者提供怀旧、收藏和跟踪阅读的机会，也的确还能为世界文学的交流起到一定的媒介作用，尤其国外的翻译出版者，可以省去很多在汪洋大海中盲目打捞的精力和时间。为此我向这个大型文库的编委会提议，在编辑出版家外增加国内的著名作家、著名翻译家，以及国外的汉学家、翻译家和出版家，希望大家共同关心和参与文库的遴选工作，荟萃各方专家的智慧，尽可能少地遗漏一些重要的作家和作品，这方法自然比所谓的慧眼独具要科学和公正得多。

当然遗漏总会有的，但那或许是因为其他障碍所致，譬如出版社的版权专有，作家的版税标准，等等。为了实现文库的预期目的，那些障碍在全书的编辑出版过程中，尚书房会力所能及地逐步解决，在此我对他们的倾情付出表示敬意。

2016 年 5 月 7 日写于竹影居

目录

手上的星光

1

我和杨哭从东部一座小城市来到北京，打算在这里碰碰运气。我们都很年轻，因此自认为赌得起，更何况北京是一座轮盘城市，传说这里的机会就像退潮后留在沙滩上的漂亮小鱼儿一样多，我们来到这里也就在所难免。我们都是属于通常所说“怀揣着梦想”的那类人。我和杨哭除了梦想，便口袋空空，一文不名。但我们至少都对自己充满了信心。我们俩离开青春时代还不算太久，因此保留了足够的热情打算把剩下的青春年景在这城市中消耗掉，借以换取我们想得到的东西。我们能得到的是什么呢？当我们俩第一次站在机场通向市区的高速公路的巨大的立交桥——三元立交桥上，向我们即将进入的城市市区眺望时，涌现在我们心头的一定是一种十分复杂的心情。这座城市以其广大无边著称于世，灰色的尘埃浮起在那由楼厦组成的城市之海的上空，而且它仍在以其令人瞠目结舌的、类似于肿瘤繁殖的速度在扩展与膨胀。我们俩多少都有些担心和恐惧，害怕被这座像老虎机般的城市吞吃了我们，把我们变成硬币一般更为简单的物质，然后无情地消耗掉。这一切都是可能的。并不是每一个人都是成功者。在这座充满了像玻璃山一样的楼厦的城市中，每一个来到这里的人，必须得尝试去爬爬那些城市玻璃山。肯定有人在这里摔得粉身碎骨，也肯定有人爬上了那些玻璃山，从而从高处进入到玻璃山楼厦的内部，接受了城市的认同，心安理得地站在玻璃窗内欣赏在外面攀缘的其他人，欣赏他们摔下去时的美丽弧线。

有时候我们驱车从长安街向建国门外方向飞驰，那一座座雄伟的大厦，国际饭店、海关大厦、凯莱大酒店、国际大厦、长富宫饭店、贵友商城、赛特购物中心、国际贸易中心、中国大饭店，一一闪过眼帘，汽车旋即又拐入东三环快速路，随即，那幢类似于一个巨大的幽蓝色三面体多棱镜的京城最高的大厦京广中心，以及长城饭店、昆仑饭店、京城大厦、发展大厦、渔阳饭店、亮马河大厦、燕莎购物中心、京信大厦、东方艺术大厦和希尔顿大酒店等再次一一在身边掠过，你会疑心自己在这一刻置身于美国底特律、休斯敦或纽约的某个局部地区，从而在一阵惊叹中暂时忘却了自己。灯光缤纷闪烁之处，那一座座大厦、购物中心、超级商场、大饭店，到处都有人们在交换梦想、买卖机会、实现欲望。这是一座欲望之都，尤其是当你几乎每天都惊叹于这座城市崛起的楼厦的时候。这一刻我和杨哭都觉得自己的渺小而无助，真的就像是一粒微尘。在这座城市铺开的辉煌灯光的下面，有多少从四面八方汇聚而来打算在这里成功的人？这座城市几乎能够包容一切，它容纳各种梦境、妄想和激情，最保守的与最激进的，最地方的与最世界的，最传统的与最现代的，最喧嚣的与最沉默的，最物质的与最精神的，最贫穷的与最富有的，最理想的与最现实的，最大众的与最先锋的，仿佛是一切对立的东西都可以在这座城市里存在并和平共处，互相对话、对峙与互相消解，从而构成了这座城市奇特的景观。我和杨哭不禁为这座庞大城市的包容性与吸食性而深深地震动了。

具体说到杨哭，这是一个很有趣的家伙。他身上总是体现了妄想的气质。我们都在南方一所老牌大学念书，在读书期间就已是好朋友。杨哭长得非常英俊，而且还略带些络腮胡子，身上颇有些硬汉气质。他喜欢穿格子西装，扎鲜艳的真丝宽领带，戴窄边墨镜，头发用摩丝打得发亮，梳着小背头的发式。在学校里他总爱把一些简单的事情弄得很神秘。那会儿作为政治系的学生，他成立了类似于政治家俱乐部性质的“灰衣社”，该社有几个从哈佛大学毕业的政治、法律系著名教授做顾问，由杨哭担任社长。“灰衣社”的特征是，全体成员无一例外都穿灰色风衣，神色严峻地在校园里穿行。我曾听过一次他们举办的沙龙研讨，那次他们似乎讨论的是有关孟德斯鸠的“法的精神”的话题。我突出的感受是，这是一批小野心家，他们总想把握与掌握远远大于他们生命的东西，比如国家与民族的命运。我想在以空谈和妄想著称的大学校园里，这样的人总是为数不少。我就因此而认识了杨哭，并有些崇敬他。大学毕业那年我22岁，他23岁，对世界和事物充满了向往和足够的耐心，便一起分配到了北京。我们要去的地方，分别是一所大机关和一家艺术剧院，我要去的地方是后者。而“灰衣社”的其他人则作鸟兽散了，旋即没了踪影。

当我们站在三元立交桥上眺望遥远的北京城区时，我想我们想在这里得到的不只是名利、地位，还有爱情和对意义的寻求。杨哭在大学期间一直很“老实”，连个女友也没有，而我则在一次伤心的爱情打击下多少显得有些灰心丧气。我们站了许久，我取出了巴尔扎克的《高老头》，我朗读了该部书中的一个充满了雄心的人物拉斯蒂涅，站在巴黎郊外一座小山上，俯瞰灯火辉煌的巴黎夜景时所说的一段话：“巴黎，让我们来拼一拼吧！”拉斯蒂涅后来周旋于贵妇人的石榴裙边，从而爬上了银行家兼政客的宝座。我朗诵完，我们相视大笑，那一刻在今天想来仍是那么滑稽与悲壮，随后，我们便钻进出租车，向城市进发了。在我们的视线中，那一幢幢大厦便迎面撞来。

2

回想起我们刚刚来到这座城市的模样，以及随后就被迎面而来的生活淹没的窘态，一切都是那样的始料不及。杨哭在大机关报到之后，旋即被派到延安地区去锻炼。他在那里待了八个月。在一次他给我的信中，把这次锻炼称为有趣的下放。他要做的主要工作是每天晚上，和他所在的村子里的其他干部，趁着夜晚去围堵那些不愿意响应国家计划生育号召的妇女，捉住她们并将其送进医院强行结扎。“你可以想象在这个穷乡僻壤，那些农民除了白天面对黄土，晚上剩下的就是什么营生了。所以，这里有些村子超生很严重。虽然我在夜间抓住那些妇女，听见她们发出杀猪般的号叫而感到于心不忍，但我想我们是对的。”他在信中这么说。八个月后，他终于结束了锻炼，我在一家临街的咖啡馆见到他时，发觉他已多少变得真像个村干部了。那天他从口袋里摸出一张照片对我说：

“我要追她。我爱上了这个女孩。”我有点儿吃惊，因为过去杨哭是一个不容易对女人动情的人。我拿过照片，我发觉她并不漂亮，形象一般，但娴静、大方，有一种大家闺秀的气质。

“你知道她的父亲是谁吗？”胡子刮得发青的杨哭脸上充

满了一种莫名的笑意，接着他说出了一个政界要人的名字。

我笑了笑："你已经由一个理想主义者变为一个现实主义者了。"

"不，我仍是一个理想主义者。"他不容置疑地打断了我的话，用深邃的目光看着窗外的街景。"有一位同事和我是情敌，我们俩展开了竞赛。"他自我解嘲地笑了，"你有什么新招数没有？教我两招，你是高手。"

我知道他并没有放弃在政治上谋求发展的想法。在大学里办"灰衣社"时萌发的雄心壮志依旧激励着他，他明白在这座城市中谋求政治上的发展，找一个有背景的女孩做老婆是一条捷径。这是他早就明白的道理。

在随后的约莫半年时间里，杨哭和他的一个年轻同事展开了与前途命运紧密相关的爱情追逐。出于对自己未来前途的宏观设计，他第一次十分投入地开始追求女孩子了。在几个月的拉锯战中杨哭却最终败下阵来，那个女孩闪电般嫁给了她的另一位追求者，杨哭的同事和情敌。

我和杨哭在这年年底一个大雪初霁的日子，在天安门广场上散步，迎着风很寒冷。不远处，人民英雄纪念碑巍峨挺拔，有些孩子在广场上放风筝。我们都竖起了风衣的领子，默然无语地走着。雪地已在迅速融化，长安街上六条车道上汽车川流不息，像一条生生不息的河流。遭受打击的杨哭看上去很冷峻，我到后来却哈哈大笑起来，我说：

“说说看，你是怎么失败的？”

“她说我的名字不好，有一个哭字，她说如果我考虑改名字，她就考虑嫁给我。她说这也是她家里人的意见。但我不会改名字的。”他恶狠狠地说，“我不会改的。”我仍在笑，笑声都惊动了在广场上值勤的便衣，我说：“你父母当初干吗要给你起名叫杨哭？”

他古怪地看了我一眼：“就因为我生下来后从来不哭，我父母害怕我克了自己，就起了这个名字。我可不会为一个女人而改名字的，那太可笑了。这是原则问题。”他挥了挥手。

“就这样将大好前程拱手相让了？”我说。

他淡淡地一笑：“另起炉灶呗。不过，我那位同事，在与她结婚两个月后，已调到更重要的部门去了。我不知道他的调动是否与此有关，但他现在所待的地方，对他在发展上非常有好处。”然后他突然骂了句粗话，“我得重新设计一下自己了。明年春天，我就不会再待在机关里了。”

至于我，在分配到那家艺术剧院后命运不济。我想这是一个不需要戏剧的时代，因为我们的生活中到处都充满了戏剧情节，几乎比戏剧本身更打动我们，那么谁还会在忙了一天再到戏院看天天都在生活中出现的情节？我在单位报了到，被分配去管理人事档案，每天只需坐 8 个小时就可以了，一个月可以领到三百多元，要知道在北京这样的地方生活，这点钱连玩一个小时的老虎机都不够，可我偏偏就爱玩老虎机。半年以后，剧院更加不景气，我便从当作宿舍的办公室里搬出来，在一个小区的朋友处租了一套房子住了下来。我辞去了工作，有一个星期我把自己关在屋子里想我会干什么？我终于决定靠写作发财和挣得爱情。我终于决定写作了。

这年春天，杨哭果然从机关中跳了出来，不知从哪里找来了几十万块钱，成立了“宏友公关广告公司”。由于他在那家赫赫有名的大机关待过一年多，认识的人很多，因此做这种中介公司生意还有底。出于对饭碗的考虑，我便应聘去一家报纸副刊当了编辑，在不坐班的大部分时间里，我都闷在屋子里写作。

有一天杨哭在亚运村附近的“太平洋明珠酒家”举办一个由某家信用社和中国影视老明星们联欢的活动，叫我也去一下，顺便在报纸上发一条消息。他开着他花不到十万块钱就买到手的一辆二手黑色流线型“凌志”来接我，他穿着一套深蓝色西装，扎一条灰色领带，衬衣也是深颜色的。“你会在那里看到一大群中国的老明星们，一群黯淡的星星。”他笑了，杨哭似乎逐渐地具有了幽默感来对付生活中平庸的东西。

我们钻进汽车，汽车驶入南三环，然后向东驶去。三环路修得不错，我们的车很快就到了亚运村的“太平洋明珠酒家”。远处，一幢幢高层公寓楼、阳光广场、惠普广场的巨型写字楼矗立着。我们走进酒家，发现人已经来了很多了。我叫杨哭忙他的去，自己挑了个位子坐下来，观察着周围的动静。小厅里人头攒动，这原是白天可以当餐厅、晚上可以唱卡拉OK的地方，靠东面的桌子边，赫然坐着一大堆几十年间在中国影视界名震一时的人物，大多已白发苍苍，女士们也已肥胖臃肿不堪，只是皮肤依然保养得很好。我不由得叹息起来，心想杨哭这家伙不知用了什么招儿，把这么一大堆已遭受冷落的宝贝都搜罗在这里，为一个并不起眼的信用社开成立纪念会？我想这一定是钱的原因。作为承办这次活动的“宏友公关广告公司”，只要出一点小钱，就可以请动这些已经许久无人给他们付出场费的老明星们，叫他们来给一家信用社的成立捧捧场。我知道杨哭一定请不动那些正在红得发紫的大明星，她们一张口保管叫杨哭真的哭出声来，虽然他声称他从来没哭过。商业法则已渗透进我们生活中的各个角落了，我想。很快地，演出开始了，杨哭作为主持人之一，显得很持重潇洒。另有一个女主持，她的脸我常在中央电视台上见到，在联欢会上显得非常活跃；老明星和名导们一个个上台表演，节目实在不能说不错。老家伙毕竟是老家伙了。小厅里很热，我连续要了好几杯粒粒橙，不动声色地看着人们的滑稽表演，停了一会儿，我忽然看见一个女孩子手拿话筒走上台为大家唱歌，我不由得注意起她来。

她穿一条黄褐色的褶皱超短裙，裙子上还有一些虎皮斑纹。我琢磨这裙子很厚，因为在这初春的日子穿短裙恐怕还不太适宜。她上身穿一件白色贴身套衫，乳房小巧而浑圆。她有一双显得有些瘦瘦的腿，穿着一双奶黄色亚麻鞋。她长得很清纯，但目光中又流露出历经沧桑的一点忧郁。她的眼睛不大，但很清亮，流转不停。她举起话筒，向大家抱歉说她今天感冒了，嗓子不好，只能唱一首音色较低的歌。然后她唱了起来，大厅里很闷热，她唱的是一首林忆莲的歌。歌名我想不起来了。总之当时客厅里乱哄哄的，谁都没有注意到这个歌女在唱歌。大家都在互相交谈，只有我在注视着她。唱到一句音位较高的地方，她的嗓子发出了一声嘶哑的怪声，把几个埋头说话的老明星们吓了一跳。“很抱歉，很抱歉，我的感冒让我的嗓子不太听话。”她尴尬地说。这一刻我感到她的眼泪都要流出来了。但她不，仍是坚持着唱完了她的歌。当她走下台时，一些纯粹是出于礼貌的稀稀拉拉的掌声响起来了。紧跟着上来一位家喻户晓的著名丑星，他为大家表演了一个小品，一下子吸引了所有人的目光。小厅里顿时鸦雀无声。丑星拿出了他的绝技，我没有看他表演，却一直看着那个嗓音嘶哑的歌女。她坐到酒吧台前的小圆椅上，有人递给她一杯冰水，她在向那人点头致谢；人们没有再注意她。她坐在那里，似乎在稳定情绪，眼睛发亮，还有些潮湿。她胸部的起伏渐渐平缓下来，刚才不知所措的劲头没了。忽然她注意到我在看着她，那一刹那的对视约有三秒钟。她露出了一个非常迷人的笑，礼貌地冲我点了点头。由于相隔很远，我也点了点头。丑星表演完了，已过了吃饭时间半小时。杨哭宣布用餐，大厅里乱作一团。想见大家都有些饿了。我也端起了盘子，吃了起来，忽然又想起了那个歌女，四处张望着找她，却未见她的踪影，莫非她已经走了？用完餐，老明星们喜滋滋而又矜持地拎着纪念品陆续走了。我坐上杨哭的车子，说："你从哪儿找来这么多宝贝？我是说那批老明星。"

他淡淡地一笑，将汽车发动着，慢慢地上了快行道，"干公关公司的无非是拉拉皮条而已。信用社出一笔宣传费，我来组织明星、记者和场所布置，我就赚这笔活动费。新闻稿已放在你的纪念品里了，你自个儿翻吧。"

汽车在城市的大道上疾奔。后来他打破了沉默，笑了起来："你看那些老明星，过去多红火，可如今，只要花这么一点钱就可以请动他们。身价下跌喽。哈，真有趣。我从小看他们演的电影长大的。什么东西一近距离看，就再也不神秘了。"

我问："那个歌女也是你请来的？她好像真的生病了。"

"哈，不是，是她自己找上门的，说唱一支歌，只要给她50元就行了，而且中午她还不在这里吃饭，这类流浪歌女北京很多。出于怜悯，我就叫她唱了一首。后来给了她钱，她就走了。”

我不再说什么。汽车上了安慧桥，视野顿时开阔了起来。奥林匹克中心、五洲大酒店、北京国际会议中心在四面矗立，每当看到这样开阔的城市景物，我的心便显得很激动。我是爱着这座肿瘤般膨胀的伟大的城市的，我想。我回忆起那个歌女和我对视时的一刹那的笑容，有些共同的梦想、愿望与漂泊刺痛了我，使我在感情上觉得和她是一类人。我想在这座大城市里，我再也不会见到她了，城市是一条混浊而肮脏的河流，所有人的面孔都将漂远。

3

我所居住的小区是一个庞大的小区。因为这里高楼林立，而且大都在二十层以上，以某种冷漠的姿势站在那里。有时候夜晚我回去，下了公共汽车，走在空寂无人的高速公路的边上，四周全是燃着灯火的小区公寓楼，那明亮的灯光，在黑暗之中，使你感觉仿佛来到了外星的某个城市。这绝对不是夸张的说法。虽然那时候孤独已经侵袭了我的心，但我依旧震惊于这座城市的雄伟和庞大。我的写作不太顺利，其原因在于我正努力写一部长篇小说《荷兰的风车》。我想这不是一个过于抽象的名字，我告诉与我合作的书商，我已充分地考虑了他所提议的一些商业性因素，但我一旦写起来，小说往往自己就成就了自己——它像一匹挣脱了缰绳的野马一样，向着我已无法驾驭的地方狂奔。我会成功吗？这不好说。我到底想获得什么？我想到现在还没有一个姑娘愿意嫁给我。我宁愿为了爱情而写作。这样想着，我写作的劲头又大了。

但我听见门口有人在争吵。像是女人的尖厉的声音。我打开门，发现我对面的屋子门口，有一个中年妇女，在把一个上身穿黑褐色条绒夹克的姑娘向外推：

“你走吧，没钱就别赖在这儿，走吧走吧！”

我的眼睛突然亮了。我发现她——正是上次我在太平洋明珠酒家见到的那个歌女，那个因患感冒而嗓音嘶哑的姑娘。她今天穿的可是一条十分漂亮的牛仔裤。她还有一个美丽的小屁股，这是我在一瞬间发现的。

“怎么啦？发生了什么事？”我说。

她俩停下了拉扯，一起回头看倚在门边的我。她似乎觉得我有点儿面熟，但她并未回忆起来。那个中年女人恶声恶气地说：“说笑话，住我的屋子连租金都要赖的人，我还是第一次见到。你见过这样的人吗？”

我明白了。“她欠你多少钱？”

“三百元。说好一个月三百元。她一分钱也不给我，可她都已经住了一个月了。”

“我给你，”我果断地说，“你现在要吗？”

那个女人和那女孩都愣了一下，女人说：“当然，这样的话，她倒可以继续住在这里了。”

“那么好吧，”我转身进屋，取出三百元钱交给了那个女人，“让她留在这里住下。”我说。

中年女人接过钱，松开了那女孩的胳臂。那女孩不解而又有些感激地看着我：“谢谢你。我一定会还你的。”

“不用，”我淡淡一笑，“我们见过面，在‘太平洋明珠酒家’。”

“哈，”她笑了，“我想起来了。不过那天可真尴尬。你是去……”

“我是记者，那次活动是我的朋友组织的。”

她冲我挤了一下眼睛，非常的灵动、新鲜、活泼。“不过，我先收拾一下东西，待会儿我再和你聊聊。”她说完，也冲那中年妇女——房东笑了一下，就走进了她的屋子。那女人拿着钱，看了我一眼，停了一下，她问我：“要是她再不交钱，我就找你好了？”

“好吧，”我笑了笑，“不过她肯定会付房租的。”然后我回到了我的屋子。

我继续写作，可老是卡壳。问题出现在什么地方？我不知道。我想很多人在写作时也一定遇到过这种情况。然而门被敲响了。我打开了门。

“嗨，你好。”那个女孩笑吟吟地站在门口，她已换上了一条漂亮的白底碎花的裙子，“我可以进来吗？”

“进来吧。”我愉快地把她让进门，我这时才意识到也许我的屋子过于乱了。至少我的臭袜子就不应该丢在沙发上。

“噢，米莫·巴拉第诺的画，我也喜欢他。”她端详起屋角我挂的一幅画来，“真棒，《朱丽叶的马车》。”

“坐吧，喝点什么？我这里有各种饮料。”

“那就来点儿椰奶汁吧——有吗？”她眯起眼睛看我的样子真动人。她还会耸动她的小鼻子头。

“有的。”我说完，打开冰箱，为她倒了一杯椰奶汁，我则倒了一杯啤酒，呷了一口。

“蛮不错的，我是说你的房子。”她端着杯子，两只眼睛迅速地在屋子里扫了一遍，对我说，“也是租的？”

“噢，单身汉，太乱了。说实话我并不懂生活。”我由衷地说。我注意到她的左眼角有一个半月形的小伤痕，尽管它极不容易被察觉，“是借租朋友的房子。”

“啊，忘了介绍我自己了，”她掏出了一张名片，递给了我，“你呢，哥们儿，你叫什么？”

我接过来名片，发觉她的名片印得很别致，天头上一行黑字：在路上流浪的一只猫，中间是两个圆头字：林薇，下面却并无电话、住址和BP机号码，又写着几个字：在路上，没有家。

我笑了笑：“你一直在路上？为什么不停下来？我叫乔可，你叫我老乔好了。”她吸了几口椰汁：“你也不太大，干吗要叫老乔？”

“习惯呗。我的朋友都这么叫我。上次在太平洋明珠酒家，第一次见到你，忽然有一种很亲近的感觉。因为我觉得我们都是浪游的人。”我说了实话。

“你的日子比我好过多了，”她顾盼生辉，又懒懒地打了个哈欠，“我知道当记者的都是些什么人，到处蹭吃蹭喝，而且还有红包拿，说捧谁就捧谁，人人都怕你们，记者已经成为社会公害了。”她咄咄逼人地对我说。

“你这是庸俗社会学的观点，”我毋庸置疑地反驳她，虽然我并不喜欢这个行当，可我也有维护行业荣誉的起码的权利。

“算是吧，”她又打了个哈欠，真的像一只猫那样。然后她站了起来，很随便地在我的屋子里走动，随手翻翻我那乱七八糟的东西。她忽然看见天花板上有一幅正对着我的床的裸女画，笑了起来，“真够色情的，每天一醒来就看看裸女——记者都这样？”

“单身汉都这样。”我说，“说说你吧，我倒想了解你——为什么要一直在路上?”

“职业习惯?”她偏头问我。

“不是。是我个人的好奇心。”

“噢。不过，我现在饿了，我倒想先去厨房做点儿吃的，你有什么吃的吗?”

“应有尽有。”我说，“全在冰箱里。”

“太好了。”她兴奋地说，“看来我要露一手了，乔可，你待会儿就会傻了的。”她说着，就冲进了厨房。

我又坐在了椅子上，心情杂乱地翻着巴尔扎克的作品，我的屋子突然地充满了一个灵动女子的身影和声音，多少叫我有些手足无措，我就在那里胡乱翻着杂志，听着厨房里她轻快地一边哼着歌，一边做饭的声音。约莫二十几分钟，她居然炒了三个菜，并且连蒸好的米饭都一起端了出来。我真的有点儿傻了。

“这荷兰豆还不错吧?”她喜滋滋地问我，仿佛我就不能不说不错一样。

我尝了一下，“真不错。”我真心说道。我打开了一瓶长城红葡萄酒，给我们俩一人倒了一杯，“为了相识干杯。”我说。她又挤了一下眼睛，然后我们干了一杯。

她顿了一下，问我：“你为什么要为我垫付房租?”

我迟疑了一下，“我觉得我们都是一类人。都是在路上。我也是这样的。”

她乐了，“就为这个？”

“对。就为这个。”

“噢。我很感动。不过这么说有点儿假模假式。”

“你来这个城市多久了？”我问。

“四个月。”

“靠什么生活？”

“唱歌呗。天天去酒吧、饭店、舞厅唱歌，有时也去录音棚打拼，挣钱养活自己，否则就要挨饿。你尝过挨饿的滋味吗？”

“到目前为止还没有。”

“养尊处优？”

“不，我一直有饭吃，也仅仅是温饱而已。”

“哦，”她叹了口气，“可我就不同了，我在南京出生，9岁就拉二胡，后来在上海音乐学院学习作曲专业。没毕业，我就跑到广州，在那里开始唱歌，一个酒吧一个酒吧地唱，有一次真的饿坏了。世界真是个圆，我绕了一圈儿，来到了北京。北京真是个好地方，我想也许我会在这里成名的。”

“有人帮你没有？”我问她。我知道她这个行当得有人包装她、捧她，她也应该拜一个名人为师，而且还要进入一些圈子，总之得学习一些艺术社会学的东西才行。

“帮我的人不多，不过，我也习惯了。我感到我的运气就要来了。知道吗，我在拍一部《红尘情缘》的电视连续剧。”

“是张艺谋导演的吗？”

“不，”她的神色黯淡了，“要是他导就好了，可他从来不导电视剧。”她又乐了，“知道吗，我在这部戏中演一个上海滩的电影明星。三十年代的。”

我发觉我们边吃边聊，已将饭菜一扫而光。我仔细地看着她，“告诉我，你来到这个城市，是为了什么？”

“为了成功。这很简单。你呢？”

“我？”我愣了一下，“我突然有点儿糊涂，我打算靠写作挣钱与成名，再娶个好老婆——如果不是痴心妄想的话。”

“那可太累了。真的。当个作家可真太累了。而且在这个时代，不会再有傻女孩去爱一个作家了。”她同情地说：“你在写什么？作家？”

“在写一部长篇小说。”

她像一只鹿一样跳了起来：“我要看一看。”她走到写字台前，去翻我那一摞手稿，“我喜欢马尔克斯的小说。”

我说，“算了吧，否则我会不高兴的，你别动它。”

她停下了手，回头看着我：“我倒认识《当代》杂志的几个编辑，就是化名周洪的那几个人。要不写完了叫他们看看？

说不定会卖个好价钱。现在什么都能卖钱了，哈。”

“但愿。”我说，“要不，我们出去走走吧。”

这时天已黑了下来，我的提议得到了她的赞同。我们一同下了楼。夏天的气息一天深似一天，走在庞大的小区中，我再一次地感到了这座城市令我恐惧的魅力，它就像一个黑洞一样吸食所有的光线、理想、梦境与时间。“你看，我们仿佛置身于一座外星城市。”我说。

她转身看着周围的一幢幢灯火明灭的大厦和公寓楼。街上人很少，仿佛只有我们两个走在空寂的大街上，四周尽是吞噬人的黑暗与楼厦。一些汽车飞快地驶过高速路，拖过一道道灯光的弧线。她哼起歌来了，曲子很好听，停了一会儿，我问她：“是一首什么曲子？”

“《忧伤的夏娃》，我自己写的，好听吗？”

“好听。”我说。

“谢谢。”在黑暗之中她的眼睛闪亮了一下，也许她还很少听到真诚的赞扬与鼓励，所以对我的赞同萌发了感激。我们又回到了单元楼内，她打开门，倚着她的房门对我说：“谢谢你，真的，否则我今天就被赶走了。你夜里几点睡？”

“三点钟。我习惯夜里写作。”

“好吧，祝你写得好，我可得早早上床睡觉。”她又打了个懒懒的哈欠，“那么晚安，乔可，顺便说一下，你那三百元，我会还你的。”

“不必了。”我说。然后她冲我摆了摆手，就进她的屋子了。我停了一下，逐渐习惯了楼里的黑暗，然后才掏出钥匙打开了门。

4

我渐渐地被一种叫孤独的虫子撕咬着，没有成功，没有女人和金钱给我增加自信。我多少有些仇恨这座城市。我来到这里就是为了索取的，可到目前为止，它连一个子儿都没有给我，它充分地蔑视着我这个穷光蛋。我常常想，拥有梦想的人在这样的时代里简直就没法活了。

与我相反的是，杨哭的生意却非常红火，他与外省的许多中小城市的市长们都很熟，凭借着这层关系，替他们在北京城里召开各种招商洽谈会和新闻发布会或者搞到领导的批文，进项是以 10 万元为单位进账的，杨哭在什么时候都是一个能够迅速适应环境的家伙，我对他可真是又敬又恨。

有一天他像个疯子似的猛呼了我六遍，我的 BP 机险些都从我的腰上蹦下去。我给他打了电话，他告诉我要我和他一起去中国大饭店跳舞，“好吧，你他娘的来接我吧，我就在屋子里等着你。你打断了我写一部伟大作品的思路，你得赔我钱才行。”

“今天晚上赔你一个姑娘，我出钱。”他笑着挂了电话。

我坐在屋子里生闷气，忽然想起来我对面的林薇，我似乎有好久没见到她了，她的门也像个庙门一样关得紧紧的。以往她每天都要在门口丢个垃圾袋，可这一段时间却没有，她跑到哪里去了，这只一直在路上的野猫？后来门被人粗野地敲响了，我知道是杨哭那小子，他有时候就像个没受过大学教育的年轻人。

我没让他进门，提起一件西装外套，就跟他走了出去。来到单元门口，我忽然看见一辆乳白色的奔驰600 SL跑车，我当即有点儿傻，我说：“这他妈是你的车？”他得意地戴上了墨镜，“不，是我借的，一个做生意的朋友的。咱们先在环路上兜兜风，我得试试这辆车。”

“真他妈棒。”我打心眼儿里说。

我们的车像是一艘巡洋舰一样平稳地驶上了中国大饭店高高的停车坪。下了车，装好了车篷，我们便向那巨大的耸立着的饭店大厅走去。自动门开了，我们走进了大堂。这是一家十分气派的五星级饭店，处处都显示了凝重的奢华气派。杨哭整理了一下衣服，耸了耸肩，“咱们得吃点东西，去百花餐厅吃鲑鱼籽如何？”

“好吧，那玩意儿可有点腥。”我说。我们来到了百花餐厅，任由杨哭煞有介事地点了几道菜。全是欧式菜，我都叫不上名字，吃起来味道有点儿怪。我们每人还喝了一杯加冰块的XO。杨哭慢慢地品着酒说，“我一定要自己拥有一辆奔驰600SL型跑车。”我喝不惯洋酒的奇特滋味，“我只要一辆手扶拖拉机就行了，可拖拉机他妈的不让上长安街。我还指望着有朝一日用它带着来京看我的父母亲上街兜兜风呢。”

杨哭听得笑了起来，他下巴上的胡子胡乱地抖动着，“慢慢来。记住，这个世界是公平的。没有付出，就不会得到。你得拼命去操这个世界才行。”他真粗鲁。

吃完饭，我们又在大堂酒吧喝了大碗冰淇淋，这种大碗冰淇淋由25勺冰淇淋构成，简直棒极了。我和杨哭话不多，只是在各想各的心事。来到这座城市两年时间，我们的变化已非常之大，心境、观念、目标、环境和想法都已变了许多。我知道杨哭出身于一个小干部家庭，这使得他身上凝聚了一种小生产者企图暴发的全部愿望。我知道这种东西一旦强烈爆发，是很可怕的；可杨哭也许并没有意识到这一点。也许他刚刚有了几十万块钱，就打算醉生梦死，还想拉着我不成？

我们来到迪斯科舞厅跳舞时，那里已非常的热闹了。灯光昏暗，音乐的节奏非常强烈，我不能听到这样的音乐，一听到我浑身就跟上了弦或者触了电一样，剧烈地抖动起来。我不知道我机械地跳了多久，总之我感到累坏了，回到了一边的沙发上，杨哭优雅地看着我，为我要了一杯扎啤。

这时，忽然听到一首仿佛幽灵唱的歌从乐池那边传来。声音凄美，忧伤。我敢打赌这曲子我是听过的，对，就是那首《忧伤的夏娃》，这歌是林薇曾经哼给我听过。我愣住了。我往歌声传来的方向看，可我只看见灯光昏暗之处，有一个穿黑色裙子的女人的影子，她一动不动地唱着，直到我感到心都碎了。这毫无疑问是一个忧伤之夜，所有的苦痛一起向我袭来。

我站了起来，向乐池方向走去。我刚刚走进舞池。一声鼓响，震天动地，迪斯科的曲子又响了，很多人涌了过来，像浪头一样挡住了我。我奋力前行，拨开人群，却发现乐队前面并无一人。她已经消失了。

5

我确信我遇到了某种危机，一种沮丧深深地袭击了我。大饭店之夜的光线、气息，那些在酒杯和超短裙里晃动的欲望，让我坚持的梦想有所消解。我忽然不想写下去了，因为我写的是一部同样令人沮丧的小说。早晨醒来，我的嘴里弥漫着一种苦艾的味道。头疼得厉害。我爬起来，洗漱完毕，就下了楼去到前门附近的一个地方玩老虎机。我带了不多的三百块钱，让小姐给我调了机器，我就随便坐在一台老虎机前玩了起来。原先我总是站在一边，看看哪个机器玩的人输得多，等他走了我就接着玩，结果总能小有盈余，可今天我有一种憋足了劲把钱都输光的愿望。但很奇怪，只要我按动按钮，保管有多一倍的分数从机器里显示出来。我投进去的越多，它吐出来的也越多。我很生气，我就不停地朝里面塞硬币，它就不停地吐，我的眼前很快就堆了一大堆硬币，其他的人都羡慕地看着我。

游戏机店老板走了过来，他是一个大胖子，身体像只垃圾桶，他恼怒地拍了一下机器，“妈的，今天它是怎么了?”他这一拍，我放进去的一枚硬币便再没吐出来。我兑换成一元硬币就用一个塑料袋把一大堆硬币都装好，不打算玩了。袋子沉甸甸的，这使得我不得不又换了一个布袋子。我把它搭在肩上，就像阿里巴巴和四十大盗中的某个人。人海苍茫中，我像一件漂浮物一样走在大街上，我比他们都漂得更远，不知怎么，我钻到了地铁的通道里。有一个并不算丑的女人迎上前来伸手要钱，我忽然问她：“你为什么不回家?”

她愣了一下，看我痴目愣瞪的样子，忽然有点儿害怕，拔腿就跑了。“嗨，我给你钱，可你得告诉我，你为什么不回家?”我追上去又对她喊。她一下子钻进人群中就不见了。我从布袋中掏出一把硬币，向一群乞讨的小孩扔去，“拿了钱回家！拿了钱回家！你们为什么都不回家?”

我在大街上整整逛了一天。我的布口袋里还有一半的硬币。我给了那些没有回家的人一些，但后来他们不敢再要了。我想我是出了一点小毛病，但不知出在了哪里。我神色茫然地叫了一辆出租车，叫司机拉我回住处。城市太大了，每张脸都在漂浮，我会漂到哪儿呢？我仰脸看那些玻璃大厦，心想我假如去爬这些玻璃山，摔下来时也一定很好玩儿。

我进了单元楼，路过林薇的门口，并没有打算去敲响她的门。我倒是想和她聊聊，但我迟疑了一下还是直奔我的房间。我掏出钥匙去打开门，发现有一个信封插在门把手里。我想一定又是各类狗屁直销广告。从中抽出一张纸条儿，纸条儿上的字写得很有特点，圆圆的，每个字儿都像一只蜷着身子的懒猫：

晚上我要搞一个 party，冷餐会，就在我房间里，请 7 点钟准时来。

林薇

我打开门进去，将肩上的布袋扔在沙发上，里面的硬币发出了一阵哗哗响声。然后我煮了一些面条，胡乱吃了几口，就沉沉地睡了一觉，连一个梦也没做。

到了傍晚，看看天色渐渐暗下来，我换上了一件休闲服和圆领 T 恤衫，在胸前别了一朵玫瑰花，又拎了一瓶香槟酒，在七点钟准时敲开了她的门。

门打开了，伸出了她烫得乱蓬蓬的脑袋，“啊哈，你是第一个，快进来吧。”她快活得就像是一只金丝鸟儿，胸前系了一面镶有唐老鸭的布围裙，打着赤脚，可见正在厨房忙活。

“你好像变老了，我是说留了这种发式。”我进了门，把香槟递给她。屋子里有一种淡淡的清香。

她把嘴一噘，嗔怒地看了我一眼：“应该说点儿好听的，你。我今天过生日，知道吗？你这坏家伙，要说发式，还应该怪那个唐导演，拍《红尘情缘》非得留这种发式。不过你很潇洒，我是说这件休闲装，再配上那朵玫瑰花。”

我跟她走进了屋子。这是一套两室一厅，屋子里充满了一种女人的气息。一台简易的CD机和一大堆CD唱盘摊在茶几上，墙上挂着些牛头、吉他、佛教信息图、大幅北欧雪山风景、健美女郎，以及从外国广告杂志中心插页上取下来的构图新颖的广告画，总之一切显得那么的乱七八糟和不谐调。床上扔了一些蝴蝶翅膀一般绚烂的衣裙，和一些内衣之类。

“啊呀，乱得不得了，快帮我收拾收拾。会调鸡尾酒吗？”她一边整理床上的东西，一边问我。

“恐怕不会。怎么，今天有很多人要来？”

“对，”她的眼睛骨碌碌转动着，“有很多人。”她又忽地皱了一下眉头，“不过你可能不太喜欢他们。”

正在说话间，门被敲响了，她抢步上前开了门。进来了一个拿着一束花，拎着一个奇大的蛋糕的大胖子，长得像一头天山深处的哈熊，肚皮都快把皮带绷断了。他一看见林薇，眼睛就眯成了一条缝，左手放下蛋糕，右手把花塞进她怀里，就张开怀抱要拥抱她。恐怕还要吻她。但一刹那间他忽然发现屋子里还站了一个人。那个人就是我。那张开的怀抱在半空停了一下，又收回去了。“噢，这位先生是……”

“乔可，一家报纸的副刊编辑。”我笑着抢先伸出手来。林薇跳到了一边，“乔，这位就是名震中国的唐导演，我就是他一手发现的。”

我想起来唐导演导演的那些大型的历史题材的连续剧，我还听朋友们说他新近刚在东郊买了一幢带花园、草坪和室内游泳池的别墅，花去了他几十万美元。这是个大腕。

“噢？唐先生真是慧眼识才，要为中国影坛再贡献一个巩俐了。”我握了握他的手，迅速松开。唐导搓了一下手，仿佛我的手上沾满了泥巴似的，“这话说来倒很有趣，有一天我在西单附近溜达，发现她正在那儿等52路公共汽车，那顾盼生辉的样子实在有些情致，是个演员的坯子。于是我就亮出身份，把她拉到西单劝业场边上一个咖啡厅，就这样为我的戏敲定了二号女主角。”

“想不到唐导演还真是一个有眼光的星探。”我说。

这时候林薇嚷嚷着叫我们拼桌子，将几张方桌从窗户到门排成了一溜，铺上了一块桌布。我和她便将各种冷餐色拉、水果和酒摆上了桌子，唐导撅着他的胖屁股在往蛋糕里插蜡烛。

“是二十三，还是二十四?”他回头问林薇。

“二十三。噢，都二十三岁了，真可怕，一天比一天老了。”林薇忧愁地说。

门又被敲响了。我无法详述那天的情景，总之从那一刻起，几乎每隔一分钟门就被敲响一次，进来了一大堆各色各样的人。他们大都拿着一束花，拎着礼品盒，有一个家伙还带来了一个牛脚掌那么大的蝴蝶标本做生日礼物。他们进来时都曾打算和林薇亲热一下，但却都又发现了在场的其他人，脸上的惊愕稍纵即逝，旋即带着戒备地互相打量起来。我看得出林薇跟他们都很熟悉。人到齐了，我数了一下，他们一共接近二十个，除了其中一位姓金的中央音乐学院的教授以外——他是林薇拜的老师，其余的看上去和林薇的关系都不同寻常。我不禁为林薇担忧起来。通过介绍，我才发现这些人竟然大多数都赫赫有名：有捧红了不少歌星的音乐经纪人，有歌词作家，有写肥皂剧的名剧作家，大饭店总经理。还有一个把头发染黄的小伙子，据说是一位高官的儿子，本人是检察官，他有一副英俊的外表使他也客串演了不少戏。还有意大利和日本驻华大使馆的文化参赞，以及北京大学一个喜欢对各种文化现象指指点点的青年评论家。还有几个美国小伙子，也许一同爱上了林薇。他们都声称喜欢林薇的歌并且都在北京语言学院攻读汉语。这样一大堆人都凑在一起，不能不令我感到震惊。我心想干吗林薇不在外面找个地方搞 party，非要在她住的地方开冷餐会？

这些人乱哄哄地说着话，很快他们互相的戒备都消除了，就近找到了各自感兴趣的话题聊了起来。林薇一会儿冲这个挤挤眼睛，一会儿又向另一个抛飞吻。冷餐会开始了。

这些客人们兴许从来不愿意拘束地坐着，不一会儿他们就端着酒杯，三三两两地坐在屋子的各处聊了起来，倒把林薇撇到了一边。我和唐导连干了三杯。他这个人一喝酒脸就红。他后来拉住我悄悄地向我抱怨说："本来我以为她只请了我一个人来。"我笑了。我说："我也是。"他耸了耸肩，把脖子向后仰去，斜视我："这么说你是我的情敌？"

我摊开手，"不不，我和她只是一般朋友。我就住在她斜对门，是邻居。"

他说："那你可得替我看好她。她是一个演艺的好苗子，我得把她捧红了。"他深深地吸了一口气。

"我也想把她捧红了。你不觉得她天生就是一个唱城市民谣的好手吗？"忽然有一个又瘦又高的人涨红脸插进来说。我认出来他就是那个著名的音乐经纪人，自己开了一家唱片公司，专门包装各种歌手，制造歌星。

"我赞同你的观点，杨先生。我听过她唱歌，真的棒极了。"我说。

"当然。"杨经纪人瞥了唐导一眼，"由我策划的林薇第一张个人城市民谣演唱专辑《流浪在路上的猫》马上就出来了，我估计会让大陆演艺界地震一场。”

“不见得吧，”唐导的胸脯像个风箱似的鼓了起来，“城市民谣与摇滚乐不在一个层面上。我依旧看好‘黑豹’和‘唐朝’。”

我知道杨先生是大陆城市民谣的理论发言人和培育者，两个人也许会唇枪舌剑地干起来的，为了转移他们的视线，我说：“你们看，那边三个美国小伙子正在对林薇发动跨国攻势，情况不妙啊。”

果然，那三个美国小伙子个个眼睛中含着无限柔情地包围了林薇，正听林薇在讲广州的小吃。唐导咳嗽了一声，挪动身体走了过去，杨先生迟疑了一下，也跟了过去。我笑了笑，就走到那个意大利文化参赞面前大谈起意大利文学来，从萨福、但丁一直谈到了卡尔维诺，直聊得参赞的眼睛都直了。我疑心林薇怎么会和这样一个地位较高的在中国的意大利人关系这么好，以至于他几乎是屈尊就驾地来到这里参加她的生日 Party？林薇真的是一个了不起的女孩。我低估了她。她绝对能出得起300 元房租。

接下来的情形就有些混乱了。那个青年检察官把墙上的吉他取下来，为林薇唱了一首歌。大家都一块哼着。其间三个美国小伙子还把沙拉抹到了对方的脖子上。使他们看上去像是几棵又呆又傻的橡树。临了那位意大利人优雅地拉了一段托赛尼的曲子。那个日本人朗诵了几首可能是歌颂青春永驻的俳句。大家都喝多了，这期间林薇的脸也红扑扑的，在他们之间来回走动，像一只蜜蜂。我去洗手间，结果走到了另一间屋子，打开灯却发现有一屋子的画，满满的围着墙壁转了一圈儿。我惊呆了，因为那些实在是太美了。它们几乎都像是树叶的叶脉的放大图，充满了女人的直觉和最自然的对宇宙的把握与渴求。一种原生的质朴的神秘的美震动了我。我摇动喝得有些发昏的头又回到了众人之中，心想莫非林薇还是一个天才的画家。

而这时已是深夜，伴随着一首进行曲，众人正纷纷离开房间。我和林薇走出门，送他们下了楼。站在单元门口，我看见有各式各样漂亮的小汽车——这一刻我几乎是永远难忘的，各种名牌轿车都停在那里，像是一次贵族聚会。来客们一一钻进汽车，而后打亮车灯，离开了那里。一个华丽而又简朴的 Party 就这样结束了。黑暗之中，最后一辆汽车——那是一辆六缸的凯迪拉克轿车——的尾灯在黑暗的大街上拖过一道线，而后消失在被巨大的耸立着的楼群包围的高速路上，成为盛筵结束的最后一个音符。

我们都在黑暗之中站着，头顶是无比灿烂的星空。许久，我听见林薇叹了口气，她把一双手伸出去，仿佛要在黑暗中握住什么一样，在努力地向前伸去。

“在干什么?”

“手上的星光。你看，我手上的星光在跳跃。”她说。

回到屋子里，各种水果和酒类的腥甜气息还没有散去。我脸上的表情沉重了起来，孤独感再一次地俘获了我。“你怎么啦?”她摆弄了一下裙子的下摆，“是不是觉得我这个人交往很多?”

“有一点儿。”我说。

她顿了一下，扶正了一个“黑风”牌酒瓶，她看着我，几乎是一个字一个字地对我说:“可这是一个男人的世界，对不对?”

我没有去看她的眼睛，我说，“那屋子里的画，是谁画的?”

她吐出口气，“啊，是一个叫廖静茹的女孩画的。她是一个流浪画家，我们住在一起的。我想问一句，你是不是对我另有看法?”她不愿意被岔开话题。

我眯起眼看她，发现她好像很认真，“不，没有。”

“这就好。”她又叹了口气，“一个人在外面混，可真难，这是一个男人的世界。”她的话调中有一种凄清和冷漠是我所陌生的。

“所以要好好地利用好男人们。”我看着她，然后我们忽然大笑了起来，笑得那样开怀，那样悲怆。她把头发散开，像个魔女一样追着我，用蛋糕向我的头上甩。我则用香槟喷她，我们两个人围着桌子跑着，追逐着，像两个疯子那样玩闹着。

忽然门被撞开了，一个男人搀扶着一个女孩进来了。“她是在这里住吗?”他说，林薇口中啊呀了一声，“是的，她怎么了?”

“她喝醉了。在我的酒吧里，我送她回来。”他说。

林薇和我扶住那个脸色蜡黄的女孩。我估计她就是那个流浪画家。我发现她的后脑袋上垂了十二条小辫子，非常好看。她长得很美，脸庞很圆润，眼睛闭着，嘴里呼出甜丝丝的酒气。

林薇谢了那个小老板。我一个人把她扶进她的屋子，让她躺在床上。林薇进来帮她脱了鞋，我们两个就站在那里，听着熟睡的她发出了猫一样的呼吸。

“你知道她为什么要喝酒吗?”我问。

“她来北京一年了，可连一幅画也没卖掉，这一屋子的画，你瞧瞧，大家都是苦命的孩子，对吧?”

“恐怕是的。”我百感交集，停了一会儿，我说：“我有点儿头晕，我先回去了。生日快乐！林薇，我想在这座城市你一定会得到你想要的东西，而且青春永驻。”

“谢谢。”她笑了笑，由衷地感到高兴，伸出手拍了拍我的脸蛋，“回去吧宝贝儿，你也会成为伟大作家的。”

回到我的屋子，我一个人呆坐在写字台前，铺开稿纸想写点儿什么，可坐了许久也写不出一个字，我重重地丢下了笔，关了灯，来到了阳台上，头顶上展悬着一片在幽蓝幕布上闪烁的群星，仿佛在旋转与低语。停了一会儿，我伸出手去，向前远远地伸过去，试着去握住那一缕星光。那一缕也许并不存在的星光。

6

在接下来的这个星期六我和杨哭一起去保利大厦剧场看法国大西洋肖碧诺芭蕾舞团的一场现代芭蕾舞剧《圣乔治》。在打电话给他的时候，他问：你带情人吗？我说，根本没有，你带？他不否认，他说，为了逃避生活的无聊与紧张，这是必要的游戏。

我们的汽车在东便门附近的一个高级住宅小区接到了杨哭的情人——她叫罗伊，英文名字叫“露丝”，而且看上去她的确像一朵正在怒放的极其性感的红玫瑰。她穿着一件深红色的旗袍，怀里抱着一只白色的小狗，那狗身上的毛长长地披散下来，它倒是挺安静的。她戴着紫边褐色太阳镜，亭亭玉立在小区的出口处等我们。

我下了车，请罗伊坐在前排，我则坐到了后排，罗伊转脸在车内冲我友好地笑了笑。我注意到她的胸部异常丰满，身体浑圆、成熟，如同一枚熟透的桃子带来的那种气息，刚才弯腰进车时，那旗袍开叉处，她的大腿洁白无瑕几乎是完美无缺。

她有着成熟女人的魅力，这种魅力是已经经过男人恰到好处的滋润才会具有的。她还有一种典雅高贵、雍容的气质，这种贵妇人般的气质难免不把才26岁的坏少年杨哭吸引住。我想她同样也从长胡子的美少年——如果26岁不算太大的话——杨哭那儿找到了久已逝去的青春的激情与甜蜜。这就是当代城市的情感，以当下为主流精神，以欲望为核心，迅速、火热、刺激、偷偷摸摸而又稍纵即逝。

杨哭这家伙开车总是很野，趁没有警察注意的时候他喜欢玩玩高速蛇行，穿行在有三条车道上的高速公路上，汽车钻过建国门立交桥，立即向北一直开去。几分钟后，便到了东四十条豁口，拐弯向工人体育场路走了一段，杨哭找了个地方把车停下来。我想我的肚子饿得咕咕乱叫，我们就在亚洲大酒店的右边一家非常干净整洁的快餐店随便吃了点儿东西，我要的是椰汁炒饭，杨哭要的是西式番茄汤和小圆面包，而罗伊和她的狗，则吃的是一种有粉条和肉块的汤。那条小狗并不淘气，非常的听话。

“它叫什么?”我问。

罗伊轻放下勺子，“它叫麦格，麦格麦格，向他问好。”然后那条小狗果然用友善的目光打量着我，一边发出了一阵呜呜的轻吠。

杨哭却皱着他的眉头在想什么心事，停了一下，他魔术般地从手提袋中取出一枝玫瑰递给了罗伊。“你和它，加起来是两朵玫瑰，”然后他又迅速地把脸转向我，“乔可，你知道这座城市他妈的有多少条宠物狗吗?”

“有六万多条。”我说，“我看过一则报道。”

他的眼睛一下子发亮了，“我琢磨兴许能从养宠物狗的人身上发点小财。搞个‘爱宠物大联欢活动’怎么样?把全城喜欢宠物的人都弄到一起，搞一次评比，评出最有魅力的宠物狗王，发巨额奖金，十万元。但每位参加人得交两百元参赛费，这么一算，有一万人参加我就可以赚他一百多万。”

但罗伊似乎对他的宠物联欢计划不感兴趣，她的嘴角浮起了一丝带着爱意的嘲笑：“你呀，专心做两年你的公关公司业务吧，小男孩毕竟是小男孩，就喜欢瞎想。”

我们走出快餐店，从亚洲大酒店前面走到对面去，来到了褐色的像是立起来的两块巨大的长方形巧克力的保利大厦门口。灯光已经亮了，不时地有出租车和汽车在侍者的引领下开进大厦前面的平台，打扮入时、气度不凡的男女们从中走出。音乐彩色喷泉的哗哗流水声盖不过人们喧哗的声音。更多的男女们像是热带鱼群一样向这边涌来。有很多金发碧眼的外国人也站在大厦前面和大厅之内，三五成群地在聊天。演出时间到了，大家向入口处涌去。我发觉罗伊在那么多亮丽的女人中间，仍然是鹤立鸡群。她的皮肤非常好，杨哭曾说，她是一个美容师，与丈夫一起经营一家美容院。她得益于自己的美容师职业，我想，她至少隔一天就做一次全套皮肤护理。

保利大厦剧场是北京少有的几家现代化剧场之一，我们坐定，灯光分层次在天顶打亮，我发现这个剧场的灯光很棒，大概有二十排的排灯在天顶上密布着，可以把打在舞台上的灯光变得匀称、细微，层次分明。不久前在这里举办的一个20世纪80年代初红透中国的一个女歌星的演唱会上，这里的灯光就以其完全超越于当晚的歌声的美妙变幻而叫几乎所有的人目瞪口呆，因为这里的灯光可以变幻出海滩、海浪、天空、沙漠等各种幻觉，加上舞台布景，使那个女歌星的歌唱变得微不足道。

灯光变暗了，一群身着奇形怪状衣服的人在有着原始人气息的音乐伴奏中一个个走上台来，排成各种奇妙的队形。法国大西洋肖碧诺芭蕾舞团的现代舞剧《圣乔治》上演了。

我不太懂法国芭蕾舞，更不太懂法国现代芭蕾舞，我注意到舞台上的十二位演员好像并没有踮起脚尖。这出戏好像是一出与宗教有关的戏，总之灯光、布景、音乐仿佛把我带入中世纪以前的一个洪荒时期。那个时代里虎豹狼虫还和人类一起分享世界，基督的血与光还没有照亮更多的人，因此，这出有着古罗马艺术风格的造型剧首先是使我感到了恐惧。公元十一世纪至十三世纪，古罗马艺术风格风靡欧洲，它渗透到立柱、门楣的装饰浮雕以及宗教和民间装饰中。在幽暗的灯光中我目睹了一次中世纪前叶造型的狂欢。

忽然在我右前方的一个外国小孩儿洪亮地哭了起来，他可能是被吓着了。

我还看见杨哭将自己的右手放进罗伊开衩的旗袍里，在那里温柔地抚摸着，而她则专心致志地看戏，并未阻止。演出结束，杨哭带着几乎是压抑不住的喜悦，要带罗伊去亚运村的五洲大酒店的包房，而我则只好打的回家。我忽然想起来一件事，就是林薇曾经拜托过我的，帮帮那个一幅画也没卖掉的女流浪画家廖静茹。我拉住了正要钻进他的黑色“凌志”的杨哭：

“有一件事，我对门住着一个画得很好的女流浪画家。她有一屋子的画，明天去看看，买她两幅怎么样？拔根毛帮帮穷人。”

杨哭扎紧了他的领带，“长得漂亮吗？”

“很漂亮，而且她还像波斯人那样扎了十二条小辫子。”

“好极了，我明天一定来。我得走了，”他诡秘地笑了笑，“别拖延我的时间。”

我松开拉住他袖子的手，他钻进汽车，把它发动着。罗伊向我点头告别，我在车窗上拍了一下。汽车的红色尾灯一闪一闪地消失在车流中了。我停了一下，就走到马路对面的港澳中心大厦下面，在那里等候出租车。

7

早晨醒来我忽然被一种透明的快乐给融化了。我回想起昨夜我做的梦，梦中的我回到了少年时代，和我最喜欢的一个女孩奔跑在草地上捉蜻蜓。这个矫情的梦顿叫我高兴了起来。我兴致很高地起床，把屋子打扫了一遍，哼着我最喜欢的一首美国乡村歌曲，又煎了两个鸡蛋，然后换上了一件干净的衬衣，就出门去报社上班。我路过林薇的房间时，敲了她的门。没人应声，就在她门上贴了一张纸条，告诉她有人来看廖静茹的画，叫她们最好待在屋里。我看见她们的黑色垃圾袋放在门口，就顺手提着下了楼，堆放在单元门口的垃圾道出口，骑上我的破自行车，去报社了。

到了报社，我发现报社的人人人都忙得像是被惊扰了巢的蜜蜂。我也坐下来赶紧编稿发稿。有一个电话是找我的，我便接过话筒："谁呀，快说，正忙着那。""是我，林薇。我看见你留在我门上的纸条了，其实我刚才还没起床，等我起来，你已经走了。"

"怎么那么懒，真像一只懒猫。"

"哈，告诉你两件事，第一件是我签约啦！"

"签什么约？跟谁签约？"这年头人人都他妈的要签约。

“跟杨先生啊，那个音乐经纪人，你见过的。而且我的第一张城市民谣专辑马上由他包装推出，快点，替我高兴一下！”

我哈哈干干一笑，“第二件事呢？”我漫不经心地问。

“我得到了一只猫，具体说是那个日本人送我的一只波斯猫，哇，好棒的，又白又美的一只大猫。我叫它乔可，怎么样这名字？”

“算了吧。你不如叫它瑞德，就是路上的意思。终于有个小东西天天陪你了，祝贺你。晚上回去我一定去看看那只猫。”

“我刚才已经打电话告诉廖静茹了，她刚找了一家广告公司，在那里搞美术设计。她非常高兴，喂，你那个朋友是阔佬吗？”

“半个阔佬。住在五洲大酒店，开有一个公司，有一辆二手‘凌志’车，账户上还总有那么百八十万的来路不明的钱。”

“OK，太好了。那么晚上见。要准备点儿什么吗？”

“要几瓶蓝带啤酒就可以，那家伙喜欢喝啤酒。”

“好吧。”她挂断了电话。

我在崇文门等着杨哭。我站在一大群好像是从全国各地来的盲流、打工仔和打工妹中间显得很滑稽。同仁医院门口似乎永远都聚满了想到北京混口饭吃的外省农村青年。尤其是那些女孩，一看你就会知道她一定是打工妹，神情装扮总与城里人不同。他们为什么要一窝蜂地离开家？城市是不属于他们的，城市这个大机器迟早也要把他们辗个粉碎，或者重新把他们挤到边缘去。城市对谁也不怜悯，除了那些有先天优势和聪明过人的家伙。杨哭的车从东单方向迅疾地开来，在我身边停下，“妈的，你怎么找了这么个地方与我见面？”杨哭在车内拽了拽领口说。他打扮得像是个美国新派青年。他浑身上下的全套打扮都是欧洲名牌。我估计不下两万元；光是那双皮鞋大约就值七千元人民币。我在王府饭店的名牌廊中曾经见过的。

“这里离我的报社近，离我住的小区也近，一直向前开就行了。你什么时候变得爱挑剔起来了？”为了刺激他，我说，“你这套西装不怎么样，要是再配上一套‘杰尼亚’，那就棒了。”

杨哭似乎没听见我说话。绿灯过后，汽车一直向南开去，我注意到他的眼圈儿有点发黑，“昨天和罗伊折腾了一夜？”

“差不多，我想我真的被她给俘虏了，”他沮丧地说，“我离不开她，今天一天，在公司处理业务，我的眼前总是她在晃。”

“你在那儿勾搭的她？”

“一次美容之后。她的美容院开在西直门附近。她丈夫又去了香港做生意，我已经觉出她的可怕了。她就像是一个冒着热气的沼泽，让我陷了进去。是她勾引的我。”

“是陷进她的两腿之间了吧。”我下流地说道。

“你和我能不能保持绅士之间讲话的风度!?”他冲我咆哮了起来。

“得了，得。”我说。

我敲了敲林薇的门。门打开了，是廖静茹那颗扎了约莫有十二条小辫子的脑袋。她似乎很警觉，见是我们，立即笑了笑：

“你是乔可，进来吧。”

我一步跨了进去，“林薇呢?”

“她在写歌呢，我们一直等你们来。”

我向她介绍了小阔佬杨哭，我忽然发现杨哭的眼睛亮了一下，这种闪亮稍纵即逝，但已被我捕获到了。他的左手抖了一下，中指上那枚硕大的戒指不经意地贴住了裤缝。他抖出了一张名片：

“我叫杨哭，是乔可的好朋友。我是来看你的画的。它们在哪里?”

这时林薇从另一间屋子里走了出来，她将头发染黄了，看上去仿佛是烧焦了的一棵山毛榉。我乐了，“你看上去刚从火海中出来。头发是怎么搞的?哪儿着火了?”

林薇不乐意地噘了一下嘴，“我还以为你会夸奖我呢。我可不太高兴了。”她看见了杨哭，眼睛睁大了，“乔，这就是你阔佬朋友?”

杨哭这时一直盯着廖静茹，他不耐烦地冲林薇摆了摆手，“画在哪儿？我要看画。”

廖静茹说：“跟我来吧。”杨哭立即跟着她向前走。林薇冲我挤了一下眼睛，又做了一个杀头的手势。“他那人就那样。”

我小声对她说。她拉着我的手，也跟进了廖静茹的房间。刚迈进房门，她又悄悄地对我说：“你的这个朋友倒怪英俊的。他是个花心大萝卜吧?”

我耸了耸肩，正要说话，却听见杨哭发出了某种异常惊奇的感叹。这种叹嘘声是我从前从来没有听过的，仿佛发自他的心灵最不为人知的一个布满了蛛网的小角落。廖静茹出去给我们端来了几瓶小瓶装蓝带啤酒。我接过来喝了一口。杨哭却一幅幅仔细地看了起来。杨哭的父亲是一生从事油画创作却并无建树的默默无闻的一个中学美术教师，因此杨哭对画有着天生的鉴别力。我发现廖静茹有些紧张。我这时才注意观察起她来。她的美是一种娴静的美，身材丰润，眉目之间有着一种南方女子的温存、宽容与含蓄。身着一条拖地长裙，图案非常复杂，裙子上缀满了各种木质饰物。她的打扮很有味儿，只是她的目光——我确信我从她的目光中看到了一种火焰。这种类似于水底的火焰，清澈，冰冷却又熊熊燃烧的火焰，显示了她内心深处的梦想。一个女人拥有这样的目光，与她姣好的面容有些不大谐调，是可怕的。

“怎么样？”我问杨哭。我不太懂画，但我从她的画上看到了女人的艺术直觉所结构与把握的世界。这个世界是魔幻的，疯狂的，超现实的，美的。我想我很喜欢她所用的色彩，大都很鲜艳，但突破常规的线条让这些画充满了魅力。我从脑子里搜寻了半天，也没有找出一个可能引起我的艺术联想的大师的名字。

杨哭转过身，从口袋里抽出一根雪茄点着，然后眯起眼睛问：“都是你最近画的？”

廖静茹不安地搓了一下手，“是的。大约都是这半年多画的。”

“我想买两幅，只是我出不了很多钱，”杨哭局促不安地说，“每幅四千元，我要两幅，八千元可以吗？”

廖静茹睁大了眼睛，也许她还从来没有用画换过钱。她说：“是真的吗？你要花——八千元买我两幅画？”

“对。不知小姐芳龄？”杨哭含着雪茄笑眯眯地问。

“她23岁了，怎么样阔佬，和小姐配一对如何？你还没有女朋友吧？”林薇忽然兴致勃勃地插了一句话，我却看见杨哭的脸一下子红了，这在以前可是从来也没有的事。杨哭可能忽然觉得自己抽雪茄的样子过于傲气，他忙捻灭了雪茄，“那我就挑两幅。乔可，你去把我的密码箱取来。”我去取来了他的密码箱。他有些慌乱地打开箱子，从中取出了两叠百元钞票，叫我数了八十张，递给了廖静茹。然后他挑了两幅画。那画约莫有一张小方桌那么大。

“我挑两幅画幅大的。”他说，“这样不算亏。”

廖静茹的脸涨红了，她接过钱，停了半天才说：“要不要喝点啤酒，杨先生？”

“不，不了，我该走了。不过，如果你愿意的话，我倒可以替你另找一个大一点的画室，钱由我来出，而且我想在丽都假日饭店为你包一个走廊展卖作品，你的画有这个实力。愿意吗？”这蜂拥而至的好事恐怕叫廖静茹真的有些不知所措，“让我想想吧。”她慌乱地说。

“好吧，想好了通知我，我走了。”杨哭拎着画框，大步向外走去，到了门口，忽然想起了什么，转身对不太高兴的林薇说：“林小姐的头发在我看来是最美的。”他挥了一下手，示意我送他。廖静茹扑到门口，扶住门楣，想说什么但没有说出口。我们已走下了楼梯。

我和他走在昏暗的小道上。我们都沉默着，停了一会儿，我说：“你今天好像有些不正常。”

他停了一下，看了我一眼，“我爱上了她。你可能感觉到吃惊，我确信我第一次感受到了物欲之外的爱情。我发誓要帮助她。”他几乎是恶狠狠地说，“你也得帮我，给我拟一个详细的报纸宣传计划，我来出钱。”停了一下，他又说，“我明天就请丽都假日饭店的经理吃饭——也许让他帮忙为她搞一个画展。”

我为他的冲动大惑不解。“你疯了。”我说，“不值得为她这样做。”

“不，我没有疯。我从她的画中读到了我童年时体会到的东西。一种与死有关的冥想、孤独、逃亡和幻觉。我没法不喜欢她。”他痛苦地说。

“那罗伊呢？”

这时他已打开了车门，他摇了一下头，“去她的吧，我不会再去找她了。记住，拟出宣传计划给我。”他把车开走了。黑暗中我耸了耸肩，不明白到底发生了什么。莫非他真的发疯了？

我慢慢地向回踱去，在门口我看到一个人的影子，初时我以为是廖静茹，但后来我辨认出来是林薇。“我们走走吧。”她说。于是我们一起走到星光之下，一幢幢高层住宅楼在我们身边像机器巨人一样耸立。“她呢？”我问。

“她激动得趴在床上哭呢。她还从来没有过这样的运气。你这位朋友是不是另有所图？”

“不，”我断然否定，“他是一个正派人。他父亲是一个没有成功的‘美术工作者’。跟我讲讲她吧。你怎么会和她住在一起?”我岔开话题。

“我们在半年前，一同在中国音乐学院附近的一幢小平房里租住，就那么认识了。后来我找了这个地方，就又一同搬了来。她这人除了画画，别的什么也不想干。喂，乔，我演的《红尘情缘》快拍完了，本周六一起去唐导的别墅玩玩如何?绝对好玩，你会见到很多名人。”

“好的。”我说。我们便不再说话。我确信我这一刻听到了这座轮盘一样的城市吱吱转动的声音，这种声音在呼唤着人们下注。城市在大地之上旋转着，把机会和成功顺便抛给一些幸运的人。城市同时也是一个磨盘，把那些失败的人的梦想一点点辗得粉碎。这一刻我忽然感到自己很可怜，走在星空之下，我想哭，但却发不出一点声音。

直到今天，我依然忘不了这个时代那奢华、如同梦境般的一夜狂欢。它似乎凝聚了这座城市、这个时代的所有欲望的集结和欢乐的极限，以及这个时代如同泡沫一样的梦想和愿望。我和林薇到达“伊甸园山庄”别墅区的时候，天已经黑了。“伊甸园山庄”坐落在北京向东去的郊区，山庄的入口处那一团花朵簇拥中，石雕亚当和夏娃裸着身子，以某种在我看来显得颇为可笑的姿势站在那里。我们坐的出租车拐进山庄的小路，在第18号别墅前停了下来。林薇穿一件黑色旗袍，这使得她的大腿时隐时现，颇具诱惑力。她的前胸上别着一枚花朵针饰，头发也已重又染成了黑色。我站在一大群像一座座巨大的陵墓一般的欧陆园林式别墅区中，心中涌上来一种激荡的感情。这里是有钱人住的地方，是这个时代的一个脚注。我知道这些别墅每平方米至少 1600 美元，每一幢得花几百万美元才能买得起。

林薇快活得像一只兔子，她摁响了院子外的门铃。有一只像牛犊一样大的纽芬兰獒猛地冲我们狂吠了起来。幸亏有链子拴着它。林薇的脸色微白。我发现这座别墅的独立花园里的花开得异常茂盛。门开了，唐导那胖胖的身体晃了出来，“啊哈，我亲爱的林薇小姐，噢，乔大编辑，我真高兴你们能来，你们已经迟到了。”

他打开了院门，我们跟着他进去。我不太喜欢他那像鲶鱼一样紧盯着林薇的目光。唐导穿戴得很随便，但他那件圆领 T 恤衫可能值 7000 元人民币。脚上那双多半是真货的鳄鱼牌皮鞋也价格不菲。我们跟他穿过花园，走上正门台阶，他让我们进去。这一刹那的感觉的刺激扑面而来。首先我发现屋子里已经到处都是人在走动，红男绿女打扮入时。而且男人们都扎着鲜艳的领带，女人们像蝴蝶一样斑斓、美丽。那室内游泳池中，碧波起伏中几个身穿三点式游泳衣的漂亮女人在嬉戏。在巨型室内盆栽植物边上，那沙滩桌旁，台阶上下，吊灯下面，有很多人在三五成群地交谈。我觉得很多人似乎很面熟，我确信我见到了很多经常在银幕上和电视屏幕上露面的明星们。那个许久以前在一个联欢会上我见过的著名丑星也在场。他虽然扎着蝴蝶结可看上去仍然像个小丑。另有几个是我的同行，是其他一些大报及电视台、电台的记者——他们是经常奔波于饭店和新闻发布会之间的小群落。我看见音乐经纪人杨先生也在。他穿一套白色的西装，除了领带是红的，其余一切连皮鞋和袜子都是白色的。这个沙龙聚会带给我的感觉，那种光线、气氛、人们谈话时的声音，男人和女人身上散发出的香水和脂粉气息，都使我想起美国 20 世纪四五十年代的一些场面。这个 Party 是唐导专为他的新作《红尘情缘》搞的。这部由林薇出任二号主角的反映上海 30 年代灯红酒绿以及南京大兴土木的电视剧即将由中央电视台播出。当林薇出现在大厅里时，立刻吸引了很多人的目光，有些女人在窃窃私语，似乎在谈论着有关她的话题。我忽然有一种恍若隔世的感觉，我不知道林薇会有什么样的感觉，这个流浪在路上的猫，从中国音乐学院附近的破平房起步，到今天似乎是专为她开的酒会，这其间的距离要走多远？要付出多少努力？我的目光缭绕在那些穿着网眼裤或是十分性感的露背式女礼服的女演员身上。林薇则快活地端起一杯白葡萄酒，向杨先生走去了。

我找了个安静的地方坐下来。我习惯在热闹的时候冷眼旁观，做一个好观众。尤其是我第一次参加这样一个似乎由演艺界上流人士参加的颇具档次的酒会。我这样一个无名之辈最好不要引起任何的注意。我慢慢地啜饮着一杯橙汁，忽然有个瘦高个子有点儿醉醺醺地朝我走过来，“喂伙计，你好像是演过《血流成河》的那个男主角吧？那部电影真有趣，杀得真是他妈的血流成河。而且电影特技不错。香港的电影工业的确发达。现在又在搞什么电影啦？”他似乎十分确定我就是他所说的人。我从座位上站起来，微笑着说：“先生是……”

“啊，我是一个玩具商，你玩过电动玩具吗？我专门在大陆加工玩具然后再卖到美洲去，从香港转口。唐胖子的《红尘情缘》我投了不少资。我是这部戏的制片人。”他的脚有点儿站不稳，“这套房子真他妈不错，对不对？可唐胖子的汽车不提气，一辆破皇冠，要是一辆大凯迪拉克就他妈的过瘾了。你觉得呢？”

我正要说话，忽然听见有人一声惊呼，原来是一个女士笑嘻嘻地把唐胖子给推到游泳池里去了。这一招对唐导来说恐怕有些始料不及。他十分尴尬地像头鲸鱼一样从水池中站起来，一边抹脸，一边冲大家憨笑。他那件七千元的T恤衫牢牢地贴紧了他的肚子。正在这时，我发现林薇——她不知什么时候已经站到了楼梯上，并且换上了一件红色游泳衣。我的眼睛亮了。她的确非常美，比美国好莱坞的女明星碧姬·芭铎还美。她娇笑着，冲下面喊了一声：“接着我！”便纵身跳了下去。

我目睹了这一次美丽的下坠。她跳到了唐胖子前面，刚好被唐胖子用手从水中捞了起来；这个美妙的动作引起大家的一阵掌声。酒会开始进入高潮了。

我的情绪忽然变得有些阴郁。我端着加了冰块的拿破仑XO，在人群中穿梭。我几乎跟任何一个人都不熟悉。那个玩具商已捉住了一个漂亮的女孩在谈他的玩具事业。大家都找到了谈话的对手。有的屋子里有人在打麻将赌钱。还有一个长发画家在楼梯上冷笑着俯瞰芸芸众生，一边用炭笔画着速写。他站在我身边对我说：

“多么棒的酒会啊，人人像一朵朵腐朽的花朵。你觉得那几个女演员漂亮吗？”

“漂亮，漂亮极了。你干吗把她们都处理成骨架？”我抱着有些发晕的头说。他的画纸上尽是骨架在走动。

他不屑地看了我一眼，“女人再美，终究是要腐烂的花朵。不如一开始就叫它腐烂，变成骷髅。”

我忽然有些气恼，我不再理他。找到了那个音乐经纪人杨先生，和他聊了起来。我发现他的脸色很不好。他看见我就对我说，“你不觉得林薇和唐胖子有点儿那个？”他一边吸着气一边说。“有点儿太那个？”

“没看出来。”我故意气他。他看了我一眼，“你是她什么人？男朋友？”

“不，我和她只是邻居。她的专辑进行得如何了？”

“马上就上市。妈的，我录了几十遍才做好了这个唱片。可要是她情愿和唐胖子待在一起，我就会生气的。”他生气地说。也许他真的爱上了林薇。因为林薇是个精灵鬼，善于在男人之间周旋。这时我突然发觉林薇不见了。她会跑到哪里去了呢？我觉得我的舌头有些发硬。我恐怕真的喝多了，在这样的气氛之中我没法不沉溺于酒中。我端着一高杯啤酒，到处找林薇。我在楼上一间关着的门上敲了敲，然后推开，发现有一对裸体男女正在激烈地做爱。我尴尬地说了声“对不起”，赶紧关上门走了。有些人正在离开别墅，酒会已接近尾声，可还有很多人都留了下来。因为到处都是房子，你可以随便找一间屋子，醉倒在地毯上一觉睡去。我终于找到林薇。我发现她正坐在楼上一盆大芭蕉之类的玩意儿旁边愁眉苦脸。她不知从哪儿找了件长过膝盖的花格衬衣穿在身上。她看见我，有点儿眼泪汪汪地对我说：“我想我的猫了。乔，我的猫独自在家它会受不了的。它怕孤独。”

我安慰她，“不要紧，廖静茹会照料它的。”我坐在她身边，鼓起勇气拾起她的手，凝视着她：“常常来这样的场合？”

她也看着我，许久，她说：“乔，你是个很单纯的小伙子，真的，我怕我，都有点儿喜欢上你了。这个世界太大，太可怕。”她叹了口气，拍了拍我的手，“你是个单纯的小伙子，你不该在今天喝那么多酒。”

我忽然觉得我有点儿爱上了她。只是一刹那，一股水流冲过心田，我感到很冲动。我揽住了她的腰，用嘴唇向她的小巧的嘴巴上盖去。她似乎迟疑了一下，就接受了我的吻。但我想我已喝得半醉了，后来我也不知怎么和她进了一个房间。这个房间里到处都是镜子，在旋转的黑暗和眩晕中，我和林薇睡在一起。黑夜像棉花一样包裹着我，我记得在昏昏沉沉当中我在她散发着檀木香气的耳畔说：“搬到我屋里和我一起住吧，不要再漂泊了。”但酒精和她的甜美的肉体很快让我陷入了麻木的混浊状态。我感到我在渐渐缩小，小得如同一粒胚胎，在她的身体里沉沉睡去。

8

在那个奇特、热闹，宛若一场十八世纪梦境的别墅之夜过后，我和林薇便离得很近了。我甚至都不太相信我们之间已经发生的一切。第二天，阳光像雨一样打在我们的身上，我们起来，互相凝视并且微笑。林薇在当天就要去七个城市进行她第一张专辑的宣传活动。我知道这些活动由无数个 party、电台电视台专题专访、MTV 制作、演唱会所构成。临走前，她把她屋子里的钥匙交给了我：“乔，帮我看好我的瑞德——如果你不嫌它闹得慌，最好叫它和你一起住。它跟我一样也怕孤独。”她忧伤地拍了一下我的肩膀，“也许我回来就要和你搬在一起住了，要是你没有忘记你昨天晚上对我说的话。”

我把头探过去，轻轻地吻了她一下：“一定要成功。”

她晃了晃脑袋，笑了一下，又有点儿想哭，但她拎起了她的旅行包，“好啦，再见。”然后她一跳一跳地消失在阳光下了。我注视着她的背影消失，嘴上如同冰凉的阳光一样的吻还存留了许久。

在随后的几天之中，我的写作劲头非常旺盛，进展顺利，似乎我的生活中出现了一种召唤我的东西，我不知道这是不是林薇带来的。那几天，那个梳着几条漂亮的小辫子的廖静茹接受了杨哭的建议，搬了出去。杨哭在北京最漂亮的小区——望京小区给她找了一间奇大的光线充足的房子当画室。杨哭在和她说话时，忽然变得像个小男孩一样腼腆和谨慎，这在他是从来没有过的事。他真的变得像是一个傻瓜。有一天他跑到我屋子里来，跟我拟定了一个详细的计划，用媒介来帮助廖静茹成功。“问题的关键在于，最好在中国美术馆和国际艺苑画廊举办两个她的个人画展。我认识国际艺苑画廊的总经理，一个对美术非常有眼光的鉴定家。得请他帮帮忙，当然，前提是廖静茹的作品的确有些东西。”我说。

我看见杨哭的眼睛发亮了，他松了领带，“好吧，得要多少钱?”

我说了个数字。“干吧！明天就开始。”他说完，走到窗前，凝视着对面一幢尚未竣工的摩天大楼。“你看，又有一座玻璃山耸立起来了。你做过爬玻璃山的梦吗？我就做过，我爬呀爬，可这玻璃山太滑，后来我就给摔下去了。摔了个粉身碎骨。”

我走到他跟前，“告诉我，杨哭，你是否真的不带任何功利目的地爱上了她？”

他转过身，看着我认真地说：“是的。在此之前，我真的从未爱过女人。我没有爱上罗伊，我只是迷恋她的肉体。可廖静茹，让我体验到了爱的本身，它的确是不需要回报的。”

我停了一会儿，叹了口气：“我可能……也爱上了那个歌女，林薇，你不会吃惊吧？”

他吃惊地看着我，想说什么又没有说出口。“我听说过她快要红起来的。也许我们俩都疯了。你要当心。”

我想至少是杨哭已经疯了。我们请国际艺苑画廊的总经理柳先生吃了一顿饭，在明珠海鲜酒楼。那一顿饭花去了杨哭六千多块。杨哭同样也投资把廖静茹装扮了起来。她的衣着透露出活泼、典雅而又性感的风格。在柳先生看她的画的过程中，廖静茹羞怯得像个农村姑娘。柳先生四十开外，留板寸，本人就是一个成名的画家。但他经营画廊却颇为成功，他们的画廊甚至成了中国大陆画家走向国际的一个重要途径。他看毕了她的画，沉吟了许久，他对杨哭说："她是有天才的。我想我们成交了。你就叫她选作品和做标准的画框吧。"

出乎我的意料，在为期15天的展览中，廖静茹的那些画获得商业上的巨大成功。有不少外国人，包括来华使节、三资企业老板，用美元买下了她的18幅作品。总收入有数万美元之多！而北京新闻界的各报刊，尽管在我的尽力组织下，也未造成什么大的声势，其中几家报刊还登了批评她的画"不值一文"的批评文章。但廖静茹非常高兴，她那张满月般的脸上都是微笑。她见到杨哭向他投过去感激的目光；杨哭则倒像个大傻子一样乐呵呵地笑。画展结束那天，我们一起去香格里拉饭店，由杨哭做东，吃了一顿法式香煎鳟鱼和马来西亚椰汁奶饭。我感到从郊区的破平房起步的流浪画家廖静茹的身上发生了某种变化。这种变化类似于一个农村姑娘在城里站住脚跟之后的变化。而杨哭身在其中，无从察觉。拥有几万美元的廖静茹，接下来会变成什么样子？那天杨哭给她戴上了一枚价值不菲的钻戒称那天为他们的订婚之日。而廖静茹在稍显羞涩的时刻，戴着钻戒的指头在明亮的灯光下微微抖了几下。远处，传来了大堂小提琴四重奏的音乐。杨哭幸福得像个赶着了鱼汛的渔夫，不住地咧嘴在笑。

在林薇不在的日子里，我经常用她留给我的钥匙打开她的房门，立刻林薇身上那种淡淡的香气就扑鼻而来，仿佛此刻她就在这房间里一样。

一天上午我在街上走，忽然听到有一家杂货店里在放林薇的歌。我走进音像书店，发现林薇专辑出版的招贴已到处都是。而且，由她担任主角之一的电视剧也播放了。看来她终于实现了梦想。可相对于这个宇宙，甚至是这个地球，到处都是风雨雷电、战争、污染和死亡，她的成功又能给世界带来些什么呢？我不禁为人的局限梦想与短暂而悲哀起来。招贴画上的她忧郁、性感而又美丽。

有一个晚上，我在她的屋子里写作累了，顺势在她的床上躺了一会儿。我在枕头下面摸着了一个很硬的东西，我取了出来，发现是一个笔记本。我翻了一下，发现里面记录的便是时间、地点以及一长串的人名。那些人名有好多我是听说过的，有一些在演艺圈还鼎鼎大名。看来林薇已经进入那个圈子。可她记这么多精确的时间、地点干什么？仅仅是记录一次次简单的会面吗？我猛然想起来也许不该看她的私人记事本，就又放回了原处。那一夜，我写得很晚，也很困，后来就在她的床上睡着了。

我不知道是什么时候醒来的，我只感觉到有一个很温暖的东西贴在我的怀里。我以为是那只白猫瑞德，但我发现不是。“傻瓜，是我。”是林薇轻微的喘息声。她和黑夜一样悄无声息地回来了。我非常高兴，我说："我发现北京到处都是你的城市民谣唱片。你成功了。"

灯光显照之下她非常动人，"是的，我的梦想成功了，还要我和你一起住吗？"

"要。只要你觉得我还不错。"我说完，我们拥抱在了一起，并被性爱的狂欢所席卷。

第二天我醒得很迟。我的头痛得厉害，我发现她早早就起床了。她怀里抱着那只猫，正坐在写字台前看什么东西。我起来，走到她身边，"在看我的小说？"

"对。我已经看了一大半了。"

"感觉怎么样？"

"不怎么样。我觉得小说总得有点儿实在的故事、人物才行。你的东西写得太虚了，也许这就是现代派？我可不喜欢。

我喜欢那种一看就放不下来的小说，可你的这东西，我硬着头皮读到现在。"她仰起脸说。

这一刻我真想打她的屁股，也许我压根儿就不该叫她看我写的东西。我捏了捏拳头。

"你想揍我？"她警觉地说，"好啦，去洗脸吧。反正你靠写作肯定不会发财的，你死了那条心吧。"她也不管我的脸色如同死灰，哼着歌抱着瑞德去收拾床铺了。我站在那里一动不动。她在收拾床，忽然问我：

“乔，有一件事不要向我撒谎——你看了我枕头下的那个笔记本了吗？”

“我翻了一下。”我说。

“你怎么能——能这样！”她的语调听上去显得非常惊讶和气恼，羞辱与激动，“你，你最好给我出去！”

我转过脸看她：“请再说一遍，小姐。”

她几乎是咆哮起来，连瑞德都吓得从她的怀中逃走了：

“你给我出去！立刻就走！”

“明白了。”我说。我朝她耸了耸肩，“请允许我拿走我的裤子。”我取下裤子和T恤衫，就直接走出门去。她在我身后重重地把门关上了。我的心一沉，我知道我的一个白日梦做完了。我不明白她为什么要发那么大的火？但我想我们之间一切已完了。她嘲讽了我的小说。我翻看了她的记事本。这个世界有时候倒真的挺公正。我提着裤子在门口愣了一会儿，发现别的房间有人从窥视孔正在观察我，就慌忙向我的屋门逃去。

9

从那天以后，我便再未见到林薇。有时候我走下楼梯时路过她的门口，看见照旧有垃圾袋堆在那里。又过了几天，她那里连一点声音都没有了。一天，我在报社上班时从报纸上读到那个姓杨的音乐经纪人要和她打官司，因为她和他突然解约了。在报上杨经纪人说："合约是有法律效力的，在我包装并推出她之后，她却突然单方面解约。我想她一定会受到法律的惩处的。"我从他的话中听出来一些恶狠狠的成分。那天晚上回到家中，我去敲了她半天门，但却没人应声。后来我碰见了那个房东。她说："她已经走啦，和那只猫一起走的。她说她搬到王府饭店去住了。你恐怕再也见不着她了。"她幸灾乐祸地说。

有一天罗伊忽然打电话叫我到她开的美容院去。我走进去，发现美丽的少妇罗伊显得有些憔悴和黯然神伤。我还从来没有做过美容，对像雨后的蘑菇般冒出来的美容院我熟视无睹。她一看见我进来，摁灭手中的烟头，"乔可，我来给你做一次美容吧，全套皮肤护理。"

"男人也可以做吗?"我心虚地说。

"哈，现在都是男人在做美容，比女人还多。进美容室吧。"罗伊的身材简直棒极了，她领我进了美容室，叫我在镶了镜子的屋子里的躺床上躺下来。然后她开始给我按摩头部。

"放松，放松点儿。"她说。

"哎，你找我有什么事吗?与杨哭有关?"

"我已经有半个月都没有看见他了。我琢磨他是否找到了他的更有意思的事去做了。"她冷冷地说。

我沉默了，过了一会儿，我说，“他可能不会再来找你了。”我想我得把实话告诉她。

“是吗?”她的语调听上去很镇定，她的大眼睛中盛满了少妇才有的温和宁静，“为什么?”“他喜欢上了一个流浪女画家。就这么回事。现在他可能，可能和那个叫廖静茹的女画师同居在亚洲大酒店吧，我想他真是鬼迷心窍了。”我有些残酷地说。

我感到那按摩的手停住了。我坐起来：“怎么了罗伊，这有什么吃惊的吗？……”

她嘴唇有点儿发白，但保持了镇定。她摸出一根烟抽了起来，额头上的皱纹难看地构成了一个“凸”字。“我还想着和丈夫离婚嫁给他呢。昨天我和我丈夫已经说过了，我丈夫同意我离婚。”她冲我干干地笑了笑，“没什么，不过很抱歉，我的美容恐怕做不下去了。我有点儿晕头转向。”

“没关系。我也跟你一样难受。”我想起了我提着裤子在楼过道中狂奔的情景，“都是伤心人。”然后我忽然滔滔不绝地大谈起这个时代来，以及这座城市，这座漂浮了一千万人的睡梦与欲望的城市。“归根结底，这就是城市的感情游戏规则。我们都得服从它。”

罗伊呆坐了半天，她站起来，但突然发狂地举起了一把椅子朝墙上的镜子砸去。我呆住了，看着她一下又一下地砸碎那些有着她美丽的人形的镜子。她一边挥舞着椅子，长发在空中飘散。她痛快地砸完了，拍了拍手。表情灰暗，“好啦乔可，看来我不太想开美容院了。你走吧。”我离开了那里，不由得诅咒起杨哭来。我惊奇地发现这个世界人的关系几乎是由互相伤害的链条构成的，一个伤害另一个，他又被下一个伤害，就这样一直伤害下去，组成了一个环，一个由无数个自寻烦恼的男人和女人所组成的巨环。

打见了罗伊那一面之后又过了一个星期，我接到了杨哭的传呼，就赶忙赶到亚运村去接他。我下了出租车，在一阵眩晕中我用手挡住那强烈的秋日阳光，我觉得有个东西被风送过来贴在了我脸上。我拿下来，发现那竟是一枚秋天的树叶，今年秋天来临的第一枚树叶。杨哭站在不远处的汇园公寓的台阶上向我招呼。他戴着墨镜，穿着一套浅灰色的西装，他永远都是一副白领打扮。我向他走了过去。

“去打打保龄球，到康乐宫去，我有话对你说。”他对我说。他的脸刮得发青，身上香水味儿很浓，他越来越像个资产阶级了，这两年他的变化够大的。我想，也许我也一样。

“秋天来了。”我说，“咱们得照顾好自己。”

“对，他妈的秋天来了。”他也说。“注意别着凉。”

我们走进康乐宫，买了票，绕过音乐喷泉，走向地下游艺厅，在保龄球场换了鞋，然后开始打保龄球。我很喜欢打保龄球，尤其喜欢运用12磅重的球。那球把目标全打倒的感觉当真是摧枯拉朽，令人心醉。我们俩用了一个球道。我发现杨哭的脸色有些异样，显得很严肃。他击球的动作过于凶狠，仿佛把很多仇恨都发泄在掷球上了。但他的准头不行。我估计他的心有点儿乱。罗伊不再理他，罗伊的丈夫发誓要杀死杨哭。我曾经在照片上见过罗伊的东北籍丈夫，那是个纺织品批发商。难道杨哭怕死了吗？勾引了罗伊时怎么没有想到呢？我对杨哭的处境有些幸灾乐祸，不过好歹他总算捞着了一个女人。他不是说他爱廖静茹爱得发疯吗？我们打了两局，他一共才得了一百四十分，而我打了三百多分。杨哭笑了笑，“今天你是超水平发挥了。”

我们来到快餐厅要了一份快餐。吃饭的时候杨哭忽然开口说，“他妈的，廖静茹闪电般嫁给国际艺苑画廊的柳经理了。她抛弃了我。”他的脸红彤彤的。

我停下筷子，看着他。他很镇定，只是不安地看了我一眼，“好在我受伤害还不太深。毕竟我跟她睡过觉。你能不能告诉我他妈的女人们都是怎么回事？”他控制不住自己，吼叫了起来。

我想起了被他抛弃了的罗伊。我猛然敲着桌子冲他咆哮起来：“你他妈的能不能告诉我你自己是怎么回事？”

他愣了一下，干笑了一下，“也许都是我的问题。我也许是个混蛋，可女人是现实主义者。廖静茹把她的小辫子变成了染黄了的鬈发，像个假外国娘儿们。她变化真大。她简直像扔掉一个垃圾袋一样扔掉了我，就因为柳老头可以让她去欧洲待几年，妈的。”他沮丧地又吃了一口饭，“可我觉得恶心。我的那枚钻戒，天，哈，订婚。”

“你先恶心你自己吧，”我恶狠狠地说，“这种事是你自找的。你不是发誓你找到了爱的感觉了吗？”我讥笑起他来。讥笑他真令我快活。

“那种感觉是真的，”他痛苦地说，“不过的确是一场欲望的游戏罢了。不过你呢？对，你像个傻子一样喜欢上了那个歌女，那只流浪在路上的脏猫。”

我黯然神伤，“她已经搬到王府饭店去了。”

“而且我还知道她该滚出北京了，”他这会儿兴高采烈，“她和杨经纪人的官司打输了，在北京娱乐圈已混不下去了。没人愿意与她合作。她马上要滚蛋了。反正她也喜欢在路上。这是杨经纪人亲口对我说的。这座城市让她成名，同样也可以让她滚蛋，滚得远远的。”他冷冷地说。

“我想再打两局保龄球。”我忽然感到有一种力量需要发泄发泄，“我必须再打两局保龄球。”

10

那是一个大雨侵袭的日子，城市的暴雨像一面巨大的抹布一样洗刷着城市。我站在阳台上默默地眺望远方城市中的雨幕场景。已经是秋天了，某种肃杀的气氛已经笼罩在我的心中。我的小说已经写完了，昨天拿给了那个给我定金的西北最大的一个书商。他用挑剔的眼光看完我写了几乎半年的长篇小说，临了说："还得再加点儿商业内容，这部稿子我要了，但你得再加一万字进去，全是与性有关的文字就行。我再付三千元怎么样？"他那双金鱼眼与西北汉子的宽脸膛极不相称。我真想揍他，但我说："他妈的，好吧。"我无可奈何地说。既然有人喜欢，那么我就再加点儿性描写，满足所有狗杂种们的欲望。

我站在阳台上看大雨扫荡城市，忽然，我的 BP 机狂呼我。电话号码没见过。我去楼下打了个电话。"喂，谁在呼我？"

"是我，林薇——在路上流浪的猫。我要离开这座城市了，来送我吗？要离开了才发觉只有你一个人还算够朋友。"

"在哪儿？"我的心怦怦乱跳。

"王府饭店。"她接着又说了一个房间号。

"我马上就来。"我说，然后迅速地挂断了电话。

我拦了一辆出租车，汽车在雨幕中杀开一条道向东单方向疾驶。司机给我大谈汽油涨价问题。我一个字也听不进去。我在想林薇终于要离开这里了，可她会到哪儿去呢？汽车拐进东单，又向左拐进一条较窄的路，然后停在了王府饭店门口。这是一座有着古典建筑风格的五星级饭店。我匆匆走进大堂，直奔电梯，来到了六楼，敲了敲一个房间的门。

“进来吧。”林薇打开门，脑袋在门后面隐现。我一脚跨进去，立即感到某种凄凉的气氛。屋子里乱糟糟，到处是音乐磁带、唱片、CD机，打开的皮箱，胡乱扔在床上的衣裙，以及满脸忧伤的林薇。她改变了发式，把头发剪得很短，像个葫芦瓢一样扣在脑袋上。

“怎么啦？官司输了就不待在这座城市了？”我问她。她穿一条洗得发白的牛仔裤，丝丝缕缕的裤脚垂在赤脚上。

她脸色黯然，一丝倔强和顽皮的笑浮起来：“没法儿再待下去了。姓杨的把我的名声弄糟了。这是一个男人的世界对吧？我马上去香港，我得去卫视中文台替他们干活儿了。我当个节目主持总还可以吧？”她说，然后喊了一下四下号叫乱窜的白猫瑞德。

“也许还不错。可我弄不明白，你为什么就想在路上，不建个家什么的？”我逼视着她，“停下来别再动弹？”

“没有人真心对待我。当然，除了你。我们是好朋友，对吧？你不会记恨吧？那次我叫你——那场面的确有点儿尴尬，拿着衣服离开了我的屋子。”

我苦笑了一下，“不会的，我翻看了你的私人记事本，说实话，我没看到什么。”我现在想起来潜规则的事了。

“这就好。”她叹了口气。“我得收拾东西了，帮我一起收拾吧。”

于是，我就躬下腰帮她收拾，我在皮箱里捡到一张照片，照片上的她站在以一幢破平房为背景的场地上笑着，那样单纯。我知道那是她来北京的起点，中国音乐学院附近的破小平房，有一种悲凉的东西在房间里蔓延开来。后来她收拾完了，“我会怀念这座城市的。还有你，乔可。你那么单纯。”她笑了笑，“一直是个可爱的大男孩。你好像与这个时代格格不入，像英国的‘愤怒的青年’作家群。”

“我不像你，融入得那么深。”我幽怨地说。

“那部小说写完了吗？”她把裙子塞进了皮箱。

“写完了。不过书商说还要再加一万字性描写。说是为了商业上的考虑。这个时代需要这个。”

“你加吗？”

“加，我已经拿了人家的钱了。”

“有个问题我弄不明白，就是作家也是给什么钱就写什么东西？”

“不全是，”我沉吟了一下，“但已有一部分人这样了。在这样一个价值多元的时代，干什么都是社会的填充物罢了。作家也一样。现在就走吗？”我自嘲完毕，提醒她。

“对，现在就走。不过，我得再看一眼这座城市。”她跳到窗户前，向外面凝视。雨幕中她能看见什么呢，我想。她约莫站在那里有5分钟。房间里的空气似乎凝固了，凝固在一团忧伤的气氛之中了。我忽然觉得不好受。

“好吧，走吧。”我看见她转身，眼睛里含满了泪水，但没有流下来。我帮她提上皮箱，她拎着一个大袋子，我们就这样下了楼。那只猫一跳一跳地跟着我们。

我们来到了王府饭店门口，“噢，还有瑞德，只是我不会再带上它了，乔可，你愿意养它吗?”她招呼瑞德，把它提起来递给我，脸上有一种极沉痛的表情，“我是在一个垃圾箱附近看见它的。当时，它也在四处流浪。”

“好吧。”最终我说。雨下得非常大，几乎像瓢泼一样。她把瑞德放到我怀里，一刹那我发现瑞德露出了十分凶狠的目光。出租车开了过来，她拢了一下头发，“我这就走啦，”她悲伤而又欢快地说，“走啦。”然后她快速地亲了我一下。我像个雕像一样站在那里。我帮她把行李放好，她钻进了汽车。我看见她在汽车中不停地向我挥手，挥手，直至雨幕把我们互相隔开，推远，看不见了。

我抱着瑞德站在那里，停了一会儿，瑞德忽然发起狂来，它在我怀里愤怒地撕咬着我，在我的手背上抓出了血痕。我放开了它，它一跳一跳地冲进雨幕中，号叫着也消失了。它重新成了流浪在路上的一只猫，我想。

在一个非常晴和的日子，我和杨哭坐着车去通县看地皮。他在那儿买了一块地皮打算自己盖楼。在汽车里好久，我们都没有说话。我们好像都变得深沉平静了。后来我说："她走了。"

"谁走了？"他眼看着迎面撞来的立交桥，问我。

"林薇，一星期前她走了。去了香港的华视中文台，当节目主持人。"

"反正也没法混下去了。走了更好。你不是，曾想和她同居来着吗？"他露出了滑稽的笑容。

"有一天我翻看了她的一个记事本，那个奇怪的记事本里记了很多时间、地点和人名，然后她就把我赶出了她的房间。我便再也没法和她亲近了。"

"哈，"他用奇怪的眼神看着我，"那我必须告诉你，那都是——都是和她发生性关系的人的记录。有一个著名的第几代导演曾经和她睡过，也发现了那个本子。那个导演是个著名的大花心，也吃了一大惊，给她起了个外号叫'小脏孩'。我琢磨你再仔细看下去，那记事本里还有你吧。"他讥笑起我来，"'小脏孩'，这绰号真棒。"

我沉默了。看来这都是真的。我沉默了好久，说，"你原本就知道这件事——那个记事本？"

"娱乐圈谁都知道。所以，她没法待了。"

我忽然想起了廖静茹，“廖静茹情况怎么样？”

他忽然眉飞色舞，“那个小婊子？她把老柳给甩啦，你猜她嫁给了谁？嫁给了一个纽约派诗人，同时也是个画家，去美国发展了。她真厉害。他妈的真厉害。”

“真厉害。”我由衷地感叹道。我想起了她眼睛里的火焰。

汽车飞速钻入国贸桥立交桥，向通县方向开去。周围的城市高楼在向后退去。我们又陷入了沉默，汽车到达八王坟时，我忽然觉得有一辆蓝色的桑塔纳轿车一直在跟着我们。我从后视镜中看到有一个戴着墨镜的汉子在开着车。停了一会儿，我说，“杨哭，有人在跟踪我们。”

“真的？”他像是不信似的回头去看，“那辆蓝色桑塔纳吗？”“对。是那辆。最近你没跟黑道上的人物打交道吧？”我有些担心地说。杨哭最近的确赚了不少钱。

“没有，我从不跟流氓地痞来往。”他说。那辆汽车紧紧地咬住我们不放，我们开多快，它也开多快，如影随形。“真他妈的，真的在跟踪咱们。”杨哭一转方向盘，汽车猛地拐上了通往鹅沟村的一条便道。我们看见那辆桑塔纳也紧跟了上来。

“我明白了，那个人是罗伊的丈夫，一个纺织品批发商。他要杀了你。”我对杨哭说。我们的汽车一直开到了通惠河的边上，这里全都是农田村庄，根本就没有路。而且杨哭的

“凌志”发动机发出了一种十分不耐烦的吼声。汽车向东一拐，我们没命地沿着通惠河边一直向东开去，汽车就像在石头上滚动一样，颠得我前仰后合。可那辆车一直跟着我们。汽车发动机在到达一片榆树林时，突然怒吼了一声，停下不转了。完了，我想。

我们赶紧下了车，看见那辆桑塔纳在尘土飞扬中向这边驶来。我拉着杨哭的手没命地向前面的农家村舍跑去。我们翻身进了一个猪圈，几头乌克兰大白猪对我们哼哼着。我看见远处那辆桑塔纳车停在“凌志”的后边，下来了一个壮汉，手中拿着一条双管猎枪。他一枪托敲掉了我们汽车的左后视镜，又认真地向前后轮胎各开了一枪。我们听见那轮胎撒气的声音。那家伙朝我们这个方向望了一会儿，没有发现我们，这才上了车，在尘土飞扬中沿着河边开走了。

我和杨哭都惊魂未定。我说：“这就是你勾引罗伊的代价。他差点要了你的命。”

他沮丧地低下了头，“我再次重复一遍，是她勾引我的，他妈的。我们的车开不回去了。”他哭丧着脸，“我怎么总是栽在女人手里？”我们翻出了猪圈，小心翼翼地向汽车走去。

11

不知不觉第一场大雪就下来了。我的长篇小说也修改完毕。书商付了钱，就把稿子拿走了。我想我干成了一件事儿，心里很高兴。但我又想如果市面上到处都是我的那本加了一万字性描写的书，这倒同样也令人感到恐惧。凡是流行的东西必定也死亡得快。但我打算让自己轻松轻松，就沉浸在老虎机游戏中。可我却输了很多钱。有一天上午，我回到住处，发现有一个头发半白的女人在我们的楼道中走来走去，显然在寻找什么。她那满是皱纹的脸上堆满了疑惧。我从她脸上看到了一丝熟悉的东西。我猛然想起来了，她也许是来找林薇的。我说："大妈，您是找林薇吧？"

她吃了一惊，脸上又现出了喜色："对，正是。我是她妈妈。这丫头，离开家三年了也未回家。我按着几个月来她给我寄钱的地址，找到了这里。可她的门紧锁着。这丫头跑到哪儿去了呢？"

我把她让进了我的屋子，并给她倒了一杯水。我说："她已经去了香港，这她没写信告诉您？"

她放下手中的一个包，"她从来不给我写信。我也从工厂退休了。她去了香港干什么？那可是个花花世界，"她犹疑而又吃惊，"野丫头，几年了一直不回家，只是常给我寄钱。我也老了，要钱又有什么用？又有什么用。"

我说："大妈，你来找她干吗？"

"叫她回家。总在外浪着，也不嫁人，那么大的丫头了。

她还有个弟弟，马上要结婚，总得叫她回去看看。”

我问：“那么，她父亲为什么不出来找她？”

“他六年前就死了。就是她父亲，天天揍她，从小教她二胡，她才学会了唱歌。我不知道她来北京靠什么生活？拉二胡吗？”

我想，林薇已经彻底地忘掉她的家了。不过，她总还没忘了给母亲寄钱。然后我对她讲起了林薇在这座城市的奋斗，成名，以及去香港做主持人，只是我没有讲她的“小脏孩”的绰号。她听得很认真，脸上竟然荡漾出幸福的笑。“这孩子从小就有出息。她爸打她从来不哭。要是她爸爸不死，也会为她高兴的。不过，她恨她爸爸。”她叹了口气，眼泪在眼圈儿里打转，后来她在那个黑皮包里摸索了一会儿，取出了两张照片，“你看看，这是她几年前在家照的，我怕认不出她来了，就带上了照片。可她为什么不回家呢？”

我接过照片。一张是她站在红艳艳的夹竹桃花前照的，另一张是在船舷边，她偏着头在笑。看上去只有 16 岁，那样单纯、美丽、清爽和自然。我不禁为她的变化而感到了震动。

“她变了吗？”

“变了，变得胖了点儿，还有就是发式也变了。她已经长大了，大娘，你不用为她多操心。”

她收起了照片，“长胖了就好。我就怕她变瘦了。你刚才说她还演过电视剧？我怎么没看到？这丫头有出息了，却再也不回家了。”她流出了眼泪，坐在那里愣了一会儿，拿起包，说：“我回去了，你要是见到了她，叫她一定回家去。她再不回家，只怕我的眼睛瞎了，再也看不见她了。”然后，她走出了房间。我一直送下楼，看着她消失在大雪之中，走进了更远的一片空茫。

那年的圣诞之夜，我和杨哭穿戴齐整，一起到新世纪大酒店的瑞典“帝梦”牌桑拿浴室洗了桑拿浴。在大堂酒吧随便吃了点东西，就到饭店的舞厅参加圣诞化装舞会了。这座四星级的饭店像一块银制物体耸入天空。不知为何，到了年终，在我们心中涌起的只是一种空茫和疲惫的感觉。这个城市叫我们经历了太多，也叫我们付出了很多。生活中有一种迅速流变和沉闷的东西毁坏着我们年轻的心。有些东西，是远远超越于我们生命之外并无法去把握的。比如这个轮盘城市转动的节奏。我们对很多东西已失去了兴趣。生活变得简单了，也更麻木了。我甚至都变成了不读书的平面人。我已经从报社辞了职，在一家音像出版社工作。每天都沉浸在让人短时间沉醉的音像制品享受中。我有一段时间看到林薇在香港卫视中文台上，她真的变瘦了，而且还学会了用嗲声嗲气的调子说香港普通话。她一出现在屏幕上，总是说：“这里是卫视中文——台！”然后将手向旁边一指，一边冲你做鬼脸。她依旧是可爱的，但也有疲惫之色。不久她又从电视上消失了。我一个在大地音像制作公司的朋友说她已去了东南亚，在那里发展。后来有人在澳洲也见过她，说她开一辆二手的庞蒂亚克车在悉尼的街上出现过。后来再也未有她的一点消息和音讯了。她真的是一只在路上流浪的猫吗？

我和杨哭走下舞厅，在入口处一人选了一个面具。我们选的是老态龙钟、满脸持重的老人面具，加入到了那场圣诞之夜的化装舞会之中。这是一个假面的海洋，每一个人的真实面孔都消失在假面之后了。我几乎看不见一个人的脸。也许这就是城市的象征，充满了假面人和在假面后面转动的眼睛。城市本身就是一个巨型的假面舞会，在这里，一切的游戏规则被重新规定，你必须学会假笑、哭泣、热爱短暂的事物、追赶时髦。你必须要以冷漠的态度对待一切事物，因为这里的一切都转瞬即逝，再也没有了永恒和停止不动的事物。连哭泣都成了游戏，已丧失了哭泣本身的深刻内容与实质。

我们跳了一会儿，又到红狮酒吧去喝饮料。这里的快餐很好，我们每人要了一杯“黑风”，并加了冰块，坐在那里啜饮。酒吧里人很多，很多情侣在悄声低语。杨哭忽然看见不远处有一个穿黑色大衣的女人在独自喝着一杯葡萄酒。“那是罗伊，我敢打赌。”他对我说，他的眼睛亮了一下，但显得又有些犹疑，然后他还是站起来整理了一下礼服走了过去。

“罗伊，圣诞快乐。你过得好吗?”

“我不认识你，先生。”

“可你的老公差点儿打死我。用打野猪的双管猎枪。”

“我不认识你，先生。”

“你是罗伊，我是杨哭，难道这还有错吗?”杨哭怪笑了几声，“是你在中国大饭店的舞厅里让我握住你发抖的手，那时你说你的婚姻遇到了危机。”

“你可以走开吗先生?我不愿意无故被打扰。”

“可你现在却装作不认识我了。我能请你喝一杯吗?”

然而我看见这时罗伊站了起来，她把手中的酒一下子泼在了杨哭的脸上。然后她昂首走出了酒吧。我看见殷红的葡萄酒顺着杨哭的脸流了下来。他站在那里僵了许久，才掏出手绢擦了擦。他抱歉地对我说：“请等我一下，我得上一趟洗手间。”他快步向洗手间走去。

我跟了过去，我推开洗手间的门，却听见他在哭泣，他真的是在哭泣。杨哭真的哭了。我拍了拍他的肩膀，“行了，行了老兄，这本来就是一场游戏。”可他仍在哭，而且把水都泼到了地上。厕所里那个老员工不停地用墩布擦他脚下的地面。后来他终于洗完了脸，我给了那个员工5块钱小费，扶着杨哭走了出来。我们决定出去走走，我们刚一跨出新世纪酒店的大门，就听见圣诞夜的钟声响了。我们决定到教堂去看看，就冒着大雪，向西直门方向走去。在我们前面，毁灭和新生的力量和时间一起在等待着我们，等待着我们以城市为战场与它交锋。

黑暗河流上的闪光

1

在夜里，那条河流的水也是黑色的，这是因为黑夜已经把水浸湿，让它变得比黑夜更黑。如果从半空中潜入这条河流的底部，你会感觉到你在进入一个更为黑暗的深处，它似乎是没有尽头的，暗流和深水中的漩涡在搅动，有时候在河面上还会掠过一道道闪光，午夜的闪光，那是在河边公路疾驰而过的汽车灯映照河面产生的反光。河面在白天是一面裸露的镜子，在夜里是一面隐形的镜子，它就是在那里，悄悄地等着向你发出一道道闪光，如果你照耀它的话。

2

她把头靠在右侧车窗的玻璃上，这使得她的额头可以感受到那车窗玻璃的清凉。这黑暗的大地在车窗外隐约地向后退去，大地它是旋转的，如同一个旋转的罗盘，而这辆汽车仿佛是一个在圆面上跑遍的老鼠，它不停地绝望地刨动四肢，但似乎仍没有移动半步。大地是悲哀的，尤其是在夜晚的时候，它升起的雾气和幽暗的鸟鸣全都是黑色的。她确信自己可以感受到这些，感受到夜雾和鸟鸣。她把目光投向窗外，额角顶住车窗，然后她看见了，不断地看见了那些闪光，午夜的闪光，当汽车转弯，或沿一段有弧度的公路飞驰时，那些闪光就不断地映现，就像有人在暗处向他们发出信号。一开始她看不出来那闪光是什么，不过她很快就明白了，那是一条河，一条和这条公路一起蜿蜒在土地之上的河流，那闪光是河面上涌动的波浪的反光。她看着那些闪光，让心中只剩下这些骤然闪亮的、破碎的光亮。

3

他是哼着歌的，他会哼几乎所有流行歌曲中最精彩的片段，他兴致很高地哼着，他不和她说话，因为整个晚上他和她已经说了很多话，也做了很多事。他想把她带回住处是突发奇想的，他想起来这一个夜晚他将无人陪伴，他必须要让自己有温香软玉在侧，他就告诉她想把她带回去，去四十公里外的另一座城市，一座小城，而他正在附近的农村采访一个案件。对于他的脸，她是熟悉的，因为她总能从电视上看见他，那个时间她还没有去“工作”，她必须要等到晚上九点以后出动。说到底，她是在夜晚接待客人的。有人叫这类姑娘“三陪”，但这全是他们的事。比如她总在电视上看见他的脸，那个节目很有名，叫作“真话真说”，这是一个曝光类的批评节目，每天都有。每天晚间新闻之后就是这个节目，主持这个节目的主持人除了他，还有一个女主持。他们轮番上阵，评说各地发生的严重事件：农民抗税、警匪一家、工程事故、环境污染……对于她来讲，他的脸就是那些事件，那些令人震骇和义愤填膺的事件，因此当他走进房间的时候，她一下子就认出他来了。

4

女老板对她说，今天来了一个非常重要的客人，因此你一定要把他陪好。你是我们这儿最漂亮的姑娘，你要让他开心。她点了点头，她想起来自己的例假昨天刚刚结束，这使她有一种洁净之感，自己的身体是洁净的，因为她有一周没有出台了，只是坐台，她希望她一直不要出台，让例假一直有下去，让那经血像丝丝缕缕的雨，连绵不断地下在卫生巾上，没完没了。这样就不会有陌生男人的身体进入她的身体了。但这不过是她隐秘的一个想法，连她自己都无法察觉的。她坐在包厢里，门响了，他走了进来，她一下子就认出他来了。

5

不过，他比站在电视上要真实多了，那天晚上他告诉她每一次做节目上镜前都要由化妆师化妆的。他的脸有些黑，不如在电视屏幕上看见的那么白，那么圆满，他有些瘦，脸比她印象中的要长，只是眼睛仍旧显得很大，这使他看上去很有神采。她看见他时，他的表情有些焦虑，似乎心情不好。她站了起来，她有一丝兴奋，她告诉他，她知道他是谁了。他古怪地笑了一下，然后他们就一起坐下来了。

6

事后她想，他所有的动作、声音，他身上散发的气味都是温柔的。这与他那种有棱有角的外形和气质多少有些不符，有些超乎她的想象。整个晚上她陪他喝酒、唱歌，他酒量很大，似乎总是喝不醉，他们喝了很多酒，她有些支持不住了。她把头靠在他的腿上，她想睡觉了，不知怎么，她对他产生了一种亲近的感觉，和他偎依着唱歌、笑闹时，她心中竟涌出一丝暖意，她忽然感到自己的下体有些湿了，这是她在想象将和他亲密的场景时发生的。这是一年来她做小姐从未发生过的，因为她没有喜欢过任何一个和她的身体接触的男人。他们总是心急火燎地把他们体内的一点白色黏液排出来。总是这样，她假装呻吟，假装很兴奋，假装和男人一起达到了高潮。但是今天，当她感觉到他浓重的忧郁和焦虑，当她感觉到他的另一面，他的心里有事，像个普通男人一样有烦恼时，她的身体有了反应。后来，他俯身趴在了她的身上。两个人都喝了酒，她昏昏欲睡，包厢里的灯是昏暗的，卡拉OK已经停了，屏幕上一片蓝光，宽沙发边的宽大茶几桌上酒杯全都倒了，他开始吻她了。后来她觉得她好像全身都布满了舌头。他的舌头，那软体小动物几乎探索了她身体的大地，连潮湿的谷地、山涧与斜坡都不放过。她感到他的确是温存的，仿佛一块柔软的电热毯，慢慢地覆盖了她的全身。

7

这之后，一切都松懈了下来，两个人的酒也醒了，他似乎快活了许多，还谈到了他的工作，正在进行的工作。一个农民，因交不出提留款而服农药自杀了。这件事应该由谁来负责？村长吗？政府的农村政策吗？这个农民的性格吗？这是需要他这个“真话真说”节目的记者和主持人去真话真说的。他兴致渐渐高了起来。午夜二点，他要回去，在给了她在她看来很高的小费，她也谢过了之后，他要走了，但在出门时，他迟疑了一下，回头看看她：“你今天晚上和我一起走，陪陪我吧。”

8

他觉得她的身体非常美，这让他想起了当初和妻子一开始亲密时的感觉，那已经是五六年以前的事了。那时候他觉得妻子的身体像一个贝壳，他是海边长大的，喜欢那种光滑可人、有美丽花纹的小东西，妻子的身体圆润、健康、饱满，和她婚后让他日夜迷恋和迷失，让他变成了一个迷途于这巨大海贝上的一个斑点。他宁愿变成一枚痣，永远地停留在妻子的皮肤深处。但就在一个月以前，他们之间出现了危机。因此，当他在酒精催发中，在包厢昏暗的灯光照射下，俯身向她，发现自己又和贝壳般的肉体相遇了之后，一种从生活的深渊中升腾起来的喜悦让他振奋。一开始他把她看成一个三陪女，他对她是视而不见的，他的大脑中全是他周围的人与事，他必须要面对的家庭解体的问题，他主持的节目既受到疯狂的欢迎，也时时在提防着各种明枪暗箭。本来他是不需要出来亲自采访的，他们的节目可以委托各地电视台的同行以他们的名义去采访，也常派出专职记者去采访。但这一次，为了散散心，他来了。这里还有他大学时代的同学，已当上了一个市的副市长，当很多传媒名人推出了他们的传记的时候，有出版社也要给他出书。这个同学约他时，说是可以给他找个十分安静的不受打扰的地方。但离开了家中那凝滞的空气，他似乎感到更为沉重了，他无法保持更好的心情。生活中有好几头野兽一起撕咬着他，他感到非常累，他既不想采访，也不想写自传，他只想在布满星光的天空下那大地草丛上睡一觉，把自己的问题想清楚。他已经三十多岁了，他需要解决好自己的心理问题和现实处境，那就是，他是否应该离婚？妻子告诉他有这种可能，他应该怎么办？

9

他打开了车门，又帮她打开右边的车门。这是一辆“克莱斯勒·君王”型号的轿车，它的颜色华贵润泽，三点六升、六缸汽油电喷发动机，前置前驱。这是他当副市长的同学借给他在当地开几天用的，车主是一家饲料公司的老板。他开这辆车时发现它很不听使唤，这可能是一辆走私车。车上的表盘显示它已经走了接近二十万公里了。而且这辆车肯定被撞过了，他觉得左侧车门开关都有些别扭。过去他自己一直开一辆三菱越野车，那辆车跑起来就像一头敏捷的山羊，而且日本车性能好，耗油低，非常舒服。现在，他要开车走四十公里，到他的住处去。那里有一个非常高级的度假村，周围全是山村，这条贯穿城市的大河也经过那里。也许我不再想把她的肉体像打开贝壳那样打开了，他想，我只需要人陪伴着。他平稳地开动了汽车，仿佛连一点酒也没有喝，车子很快就上路了。

10

在发现了那些午夜河流上的闪光之后，他稍微有些不安。这仿佛是一种直觉，告诉他今夜可能要发生某些事情。在车上他们都沉默了，都不说话，是因为刚才说得太多了吗？他过去没有与这样的女人发生过肉体的关系，在心理上他总觉得肮脏，但今天，他干了，这是为什么？是因为妻子要离开他吗？是为了报复妻子的背弃吗？妻子和他们的一个好友，一家保龄球馆的经理的私情，他是一个月以前才知道的。他的妻子和他一样，是另一家电视台“生活”栏目的主持人，他们被誉为金童玉女。但突然有一天，他感觉到不妙了，如果一个人爱另一个人，那么这个人有任何一点微妙的变化，情绪上些微的波动和迁移，他都是可以察觉到的，你可以从她的声音、眼神、气味、突然紊乱的生理现象上来判断。他妻子的过去无比正常的月经，突然在近两三个月混乱了起来，几乎变成了丛林中的游击队，他们都不知道这液体什么时候会涌流出来，会渗漏出来。在他们的性生活中，他从不戴避孕套，有时候她吃一些避孕药，大都是以计算安全期的办法来避孕的，因此，这一段时间他根本无法计算安全期，直到他感觉出异样来。他闻到了一种气味，感觉到了一种光线。他先是跟踪了她，查了一段时间她的寻呼机上常出现的号码，采用排除法，用不经意地说一些他怀疑的对象的名字，来观察她的反应，然后他就得出了结论。她承认了。那个男人是他们的老相识，一直没有结婚，但似乎总有女朋友，他们过去每周去那个朋友的保龄球馆打两次保龄球，现在，恐怕得由她一个人去打那些球瓶了。她默认之后，他要她拿出一个办法，她说要考虑考虑。之后，他就经常在外过夜，不太回家了，然后他就主动出来采访这个农民之死的事件了。然后，现在，他和一个二十岁出头的贝壳一样的女人在一起，在午夜的道路上向四十公里外疾驰。

11

沉默笼罩了一会儿，车内的空气明显地过于沉闷了。她把头抵在车窗上，闭上眼睛，尽量不去看那些午夜河流上的闪光。然后，她开始和他聊起了那个农民的死，一个人的死。一个人选择自杀，要什么样的勇气？他承受了什么样的压力？难道不死不行吗？有那么多人还不都在好死不如赖活着？为什么留下妻儿老小，一个人独自离去？这不是更不负责任吗？谁来养活他的妻小？如果他恨的人是村长，他可以以怨报怨，和村长一起同归于尽啊！他是因为善良还是因为懦弱？是因为感到乏味还是因为悲愤？她一个又一个问题地问他。这开拓了他的思路，因为明天一大早他还要去采访，他已经来到这里两天了。他明天的采访将是最后一天的采访，然后他就会离开这里，回到家中，重新面对一个问题：是否和妻子离婚。他不想离婚，但她似乎执意要离开他，不为别的，只是因为一种厌烦吗？一种两个人在一起生活了五六年之后的厌烦？妻子执意要离开他对他打击很大，他内心很沉痛。过去，所有的人都夸耀他，认为他们是天生的一对儿，事业上互帮互助，形象上金童玉女，生活上互相料理，但是，恰恰是这种完美，要让他们分开了。他的内心很痛，现在离开家有一千多公里，他仍感到这即将到来的分离，使他的心一阵阵绞痛。他的思绪不断地由过去进入现在，他的手有些抖。车子有些摇摆，她注意到这一点了，说：要不，休息一会儿再说，我们都喝了不少酒，我们先停下来吧。

12

他们把车停好，就停在那条河的边上，午夜的星光灿烂，大地深处泛起了潮湿的雾气，清新、清凉，他们走上横跨那条小河之上的一座木桥，那桥吱吱作响。这里的河面变窄了，有三四十米宽，他们下了桥，走到了一处田埂上。水稻田边，蛙鸣阵阵，蚂蟥都蜷缩在水中，水稻草把身子摆来摆去，像迪厅里沉醉于狂欢的无聊青年。岁月像镰刀收割麦子一样，也会把他们都收割了，所以，及时行乐吧。他们坐在了田埂上，看见了黝黑的星空。

星星并不多，点缀在天穹上的几颗又大又亮。他们坐下来时她发现他的手里又多了一瓶酒，是一种叫“杰克·丹尼”的大众品牌的威士忌酒。咱们再喝一点儿。他说。你的心情似乎不好，她说，可你今天喝了那么多酒也不醉，和我在一起，你的心情好了一点吗？他搂着她的腰，仰脖喝了一大口，你也喝一些，这酒真的很好喝。一只青蛙在不远处的稻田中腾越而起，又哗的一声跌入水中。

13

“做这种事有多久了？”

“一年多。”

“没有别的谋生办法？”

“说来你可能不相信，我在师范学院毕业后，当了一年多老师呢。”

“你刚才没有讲这个。”

“当老师太穷了，而且，还经常拖欠我们的工资。现在，我每个月挣的钱比那时候多几十倍，就因为这个。”

“你并不大，有二十岁吗？”

“我有二十二岁了，我刚才告诉过你了。”

“我可能喝多了，你还告诉了我什么？”

“我还说了好多事。”

“什么事?”

“我们家的事，我爸爸很早就死了，我弟弟去年在公路上骑摩托，忽然电线甩下来，把他的头给割掉了。”

“你刚才说了这件事?”

“说了，我还说了别的。”

“……天上掉下来电线，就能让飞驰中的摩托车手的头……我无法想象。”

“这是真事儿，因为，我弟弟在去年夏天就是这么死的。”

“后来呢?”

“他正准备结婚呢。他正要当新郎，可那电线……有人叫我们家人打官司，我们就打了，后来，供电局赔了十万块钱，因为，那电线杆已变成朽木，早该换了。”

“这事儿要是我们知道了，可能就会来采访了。”

“供电局爽快地给了钱。他们给了钱就算了。”

“可毕竟有一条人命啊!”

“钱可以换命。再说，也许就是我弟弟运气不好。怎么那么多人、那么多车都不会出岔子，偏偏是他，摊上了这个?”

“这件事是很奇怪。”

“我妈妈心好，她把那十万块钱中的一半，给了我弟弟原来的对象。剩下的钱，她用来买了一辆农用车。她是一个菜贩，她把菜从乡里头收购好，然后运到市里去。但去年她没有赚到太多的钱，她还没有我挣得多。”

“……四周多安静啊，一个人也没有。在城市中很少有这种时候，可以看一些过去不太注意的东西。”

“是什么？”

“星星，田野，空气中的味道，蛙鸣，河面上的闪光。”

“你也看见了它？”

“什么？”

“河面上的闪光？”

“看见了。我有点儿怕那种闪光，像磷火一样一闪一闪的。”

“这条河很长，它不大，但很长，和这条公路一直这么走。这河是从山那边流过来的。”

“它们互相做伴。这河和这条公路。”

“有意思，它们又不是人，怎么能做伴？”

“你以后会怎么样？”

“……嫁一个男人，生个孩子。要是头胎是个女的，我还得再生一个。我们那地方就这样。”

“为什么不再做老师？”

“我？不可能，我不会再站在讲台上给小孩子讲童话了，没有童话。”

“当然可以，当然有童话。”

“没有了，对于我来说，我只想为自己活着。嫁个老实人，也许会嫁得远一点，不会有人知道我干过这个。”

“有羞耻感?”

“当然了。这是自然的，我们说些别的吧。你为什么想离婚?”

“我什么时候告诉你了?”

“刚才，刚才在歌厅里。”

“因为……因为她和别的男人……这事很简单。”

“她是干什么的?”

“节目主持人，和我一样，电视节目主持人。”

“很多人都会羡慕你们，每天有那么多人看你们。你们都是名人，名人也会有婚外恋?”

“名人?名人这种事更多了。”

“既然已经结婚了，干吗要离婚?不结不行吗?”

“我也不知道。我也弄不明白。”

“我没想到，你也会有弄不明白的事。”

“为什么?”

“因为你在电视上，好像什么都懂，你什么话都会说，评论那些大事小事，什么都说得头头是道。”

“生活很复杂，人性，人性也有很复杂的一面。”

“其实生活挺简单的。你付了钱，我就给你想要的，在我看来就是这样。”

“别人付了钱，你也和他一样干？”

“一样的，我老实承认。不过，我已经有一段时间没有出台陪男人过夜了。”

“为什么？”

“因为，因为我开始讨厌这样了。我和你出去，是因为，就是因为我喜欢你。”

“喜欢我什么？”

“你在电视上那么老成严肃，可你在歌厅里像个大孩子，又吵又闹又叫的，你活泼可爱。”

“就因为这个？”

“是吧，再说，我对你有一种感觉。”

“什么感觉？”

“我对你有一种……身体发热的感觉，想和你亲热。你开始并不想理我，你嫌我太脏了吧？你可能看不起我们这种人。”

“没有，我在想我自己的事。我的个人生活要发生变化了。我离开家还在想这件事。”

“可你并不想和我干，我看出来了。”

“你的体形……像我老婆过去的样子，你生气了？”

“……嗯。要是我不像她才对。我不想像你老婆。你总是被你老婆控制着。我看得出来这个。”

“没有，我们更像是朋友。我和她。”

“我刚才出门时，老板娘暗示我最好别跟你去。因为她知道我们要走这么远的路。”

“她什么都知道，是我的朋友安排的，他们叫我连小费也不用给。”

“你是名人，能陪你，我一辈子都忘不了，我已经忘不了了。我要是你老婆，就不会和你离婚，也不会喜欢上任何男人，因为，你太优秀了。”

“这是因为你现在所处的位置，你才会这么说。如果你和我老婆一样，你就不会这样了。生活时刻在起变化。生活就是变化。我们走吧，我有些冷了，你也冷了吧？”

14

他们又重新上了车，因为他们感到有些冷了。那种清冽的空气包围着他们，这是田野深处的气息。他把剩下的“杰克·丹尼”威士忌都喝完了，酒瓶子歪倒在田埂上，他留下了它。当他们走后，一些青蛙从水中跳了出来，抱住了那个仍有人的余温的酒瓶。

这时候还不到午夜两点，天空中，那几颗明亮的星星更亮了，她在车里可以看见。她仍旧把头抵在车窗上，这样既可以看见黑暗天空中的星星，也可以看见闪烁在公路旁那条河面上的细碎的闪光了。她内心深处升起了一种对他的信任感，她觉得这个男人今夜是孤独的，今后可能仍旧是孤独的。今夜她可以陪他，可以后呢？以后谁会从肉体和精神上来抚慰他？没有一个男人不是脆弱的，他们是孩子，幼年他们要叼住奶嘴，青年时期他们要偎依在恋人的胸部。她想这车再开一会儿就会到了，到他住的山庄。她将陪他过夜，把身体的甜腥和温暖一起带给他，因为他是一个需要安慰的男人，而且，她决定不再要他一分钱，那样她和他仍会是一种钱色交易。她对他已不是这样，她在心中已有了一种对他的感情。这种感情是在他们相处数小时之后产生的。

他觉得脑袋有些沉，夜似乎更黑了。夜的大幕从天到地，无穷地拉开，遮蔽了大地、山川和公路，当然还有那条河。河流上细碎的反光令他头晕，刚才还没有这种感觉，也许这是那小半瓶剩下的威士忌的作用。这条路似乎越走越长了，为什么还不到？我还要开多久？我怎么一点儿也看不见目的地，那个度假村的像一条围在半山腰的玉带一样的灯光呢？那些细碎的反光全是那条河流上的，是河水在说话，在隐秘地提醒我什么？她看着窗外，她的身体仍有一种热量，这使他感到可靠，在这漆黑的晚上，有她在身边，他就不会再有孤独感了。即使妻子将会离开他，即使他今后永远都会是孤独的，但今夜，他不会是孤单一人，有一个单纯、丰满的女人将伴他一直到天亮。和你相伴到天明算不算多？不多，一点也不多，因为马上就要到达目的地了，我会再次打开她鲜美的肉体的贝壳，我会……

15

……他再次打开她肉体的贝壳。贝壳的皮肤是美丽的，它的花纹和颜色简单质朴，但有它自己旋转的方向，那花纹的波纹十分动人。在贝壳内部，隐藏着的是深红色的果肉，如果一枚贝壳是一颗果实，那么它的核心部分就是它的果肉，这果肉是全部的秘密，它收缩、战抖，它带动贝壳前行在沙地上。贝壳都是不一样的，即使它们表面看上去有些相似，但它们都有不同的秘密。贝壳中的肉体，这肉体隐藏着多么大的激情？那是带电的一瞬，是分泌液体的一瞬。贝壳的分泌物将在沙滩上留下一道闪光的遗迹，这遗迹引导太阳光线沿着它飞跑。当贝壳打开，这一瞬间是欢乐的，它意味着奉迎、接纳、承受、敞开和结合，意味着一种甜蜜而又激烈的交流，它将生命中激越的那一部分能量释放。那种电光石火的激情，是贝壳对自己命运的反叛和嘲讽。他再次打开她肉体的贝壳，这时候，他仿佛看见了黑暗河流上的那些闪光……

16

的确是那黑暗河流上的闪光刺激了他的眼睛，使他从一种抵达目的地之后的、要打开她身体的贝壳的想象中回转过来。但是已经晚了，他的车，他和她共同乘坐的这辆旧“克莱斯勒·君王”轿车，发动机发出了一声古怪的吼叫，凌空一跃，仿佛巨兽扑向猎物，汽车扑向了闪烁着光的黑暗的河流。这是在极短的时间里发生的。

17

这之后，一切仿佛都已变成了慢动作的世界，汽车沉入水中是如此缓慢，慢得他们都来不及钻出来。实际上，这灭顶之灾是瞬间发生的，他们还来不及想到发生了什么事，汽车已经开始在黑暗的河流中沉入水面，迅速向更加黑暗的水中沉没。这一刻，那些细碎的光亮，黑暗河流上的闪光不见了。那些星星，像孤独的守夜人般的星星，也不见了，包围着他们的是一瞬间的真实的黑暗，仿佛一下子，他们就来到了地狱中，这地狱是如此之黑，它就像吞噬物质的黑洞，吞噬了所有的声音和光线。这汽车像棺材一样向水中下沉，像一个玩具棺材一样向水中无声地下沉。

18

他慌了，他打算打开车门。但他推不开，车门外的黑暗中，仿佛有十个人在一起推着车门不让他打开，那十个人蓄谋已久，幸灾乐祸，他们齐心协力，不让他打开车门，从中逃出来。他们真的是想让这辆汽车变成下沉的棺材，装着他和她，一个男人和一个女人，亚当和夏娃，一个因为蛇的诱惑而吃了禁果；另一个，因命运和选择而变成了一个不洁之人，他们乘坐的水中棺材在向水底无声地飘落。

但这一刻其实是有声音的，他们两个人推动和捶打两侧车门的声音在水中传得很远，这是一种闷响，钝钝地传得很远，惊动了在水草下、水流中睁着眼睛睡觉的鱼。车灯是开着的，照见了河流中的鱼和水草，它们像纷乱的鸟群和蚊群，在车灯所照的范围之内像箭一样闪避，不知道这一刻本该宁静的时候发生了什么事，为什么会有这么一个庞然大物从天而降。一条又长又宽的鳗鱼，愤怒地在车窗外像柳条一样摆动了一下身子，又像一条鞭子一样迅速弹开了。汽车灯光是明亮而又强烈的，它照亮了附近的水域，连水中慌乱地浮动的小鱼和小虾，还有更小的浮游生物，也都看得一清二楚。仿佛来到了海底世界，或者是海洋馆，他们俩乘坐水下通道车，透过玻璃看见了纷繁复杂的水中世界。但这一次他们是来到了河底世界，这河底世界被打破静谧之后的纷乱仍让他们触目惊心，和被惊扰的动物一样，他们俩也是慌乱的，他们现在想的只是从车里出去，像水底升起的巨大的水泡那样，一下子就升到水面，成功地飞出牢笼。

19

她信任他，在慌乱中她看见他示意她不要慌，因为这是一刹那间发生的。汽车在向水底沉去，水还没有渗进来，这辆汽车的封闭性非常好，但水现在对它有压力，那种压力把它压得嘎嘎吱吱响，车身四处都传来了响声。必须要打开车门，她想，只有这样才能冲出车子，现在他们才发现这条河不宽，但却很深，足有几十米深，如果它只有几米深，那么一切都好办了。现在，这辆汽车像抛锚的潜艇一样在向河底沉击。她的脚踩中了一件东西，她摸了起来。那是一把扳手，从工具箱中掉落下来的月牙扳手，它掉下来得真是时候。她一下子把它抓在手中，像在野兽来袭之前的一瞬间抓到了武器，这使她感到了安慰。而他，这时仍在奋力地推着他那一侧的车门。她把扳手递给了他，车内的氧气不多了，她已经开始有窒息感了。他抓过了扳手，用力抛砸左侧车门上的玻璃。第三下的时候，一声撕裂的声响响过，车窗玻璃被砸破了，水一下子和碎开的玻璃一起涌进了车里，像一条水龙，撞向了他们两个人。他们看那些涌进来的水，仿佛直接面对了泥石流的涌动，他向后侧了一下身子，那股水流径直撞在了她的身上，将她死死抵在了另一侧车门上，仿佛有一股巨大的力一下子把她钉在那儿。待让过了水的先锋，他才又向外推打车门，但是不行，真的不行，一股水流一下子把他也冲了开去，他向后撞上了她。

水流一下子就充满了整辆汽车，它迅速地增加了重量，加速了下沉的速度。一些慌乱的小鱼在他们眼前晃动，这一刻他们比任何时刻都慌，也比任何时候都绝望，因为，他们可能都出不去了。这时候，他奋力地再次向那没有玻璃的车门晃去，他感觉到她在推他，她在帮他，他的头钻出车窗了，他的身子也出去了，他整个人都出去了。他转过身，看见了车里的她那黑色的影子，他伸出手去拉她，打算把她拉出车子，因为刚才他是借助了她的推力，身子浮出车子的那一刻，他的脚还踩中了她的身体，现在，他也要把她从车子中拉出来。他伸出手，他抓住的并不是她的手，似乎只是她的头发，但那头发很滑，他一拽，手就滑开了。正在这时，这辆已经进水的汽车的车前灯灭了。四周一下子进入了一种真正的黑暗，这黑暗使他感到了前所未有的恐惧，他害怕极了，如果再在水中多待几秒，他就会被憋死了。他立即摆动身子，向上浮游而去，像一个巨大的水泡向上升去。

20

这是无比漫长的过程，这一刻是和死亡较量的时候，死亡的手在轻扯他的衣襟，把他向下拉，但求生意志却使他尽力上浮。这一刻又是充满了欢欣的一刻，仿佛是刚刚历经了地狱景象的恐怖，现在，他在向天堂疾速上升。但这时他是孤独的，只有他一个人在向上浮游，而另一个人，她，则和那辆汽车一起沉下去了。他孤独地一个人向上浮游着，用着所剩不多的最后一点力气。即使是孤独的，也要活下去，即使一个人已经沉下去了，那么他，另一个人，一定要游出水面。这种信念支撑着他，因为他一点儿也未曾松懈，他来不及想别的，也来不及体味四周的黑暗，仿佛要逃离一个魔窟，他只是奋力向水面浮游而去。他在上升，一大串气泡也和他一起上升，他仰脸向上看，透过水幕，他似乎又看见了那些星星，只不过它们显得摇摆不定，颜色也有些晦暗，这是因为是在水中看它们的缘故。水面就要到了，那水面闪动着一些亮光，他就要抓到那水面了，他拼命向上浮游着，像一条从鲨鱼嘴里逃生的海鱼，摆动身体，继续向上孤独地游去。

21

你和那辆汽车一起向似乎没有尽头的水底沉下去了。你这时候已经被水流所完全拥抱，水柔软地、欢快地、有预谋地把你紧紧地围住了。缓缓下沉的汽车，像一首渐慢曲中的一个音符，缓慢地下沉，这时候你还活着，你的眼睛是睁着的，你看见了那些水，它们把你周围所有的空间都给填塞满了，把你衣服也渗透了，把所有的空气都挤了出去，你的肚子里的空气也在往外吐，它们形成了一连串的上升的气泡，一个接着一个，疾速上升，仿佛在奔向一个它们早就想去的地方。你的头发像海草一起飘浮了起来，黑色的海草，在水流涌动中优美地摆动着身姿。过去你曾经想把头发吹成飘扬的草，它们都蓬勃地向上长，但终究因为担心发型过于奇怪而没有弄成。而你周围的小姐们，她们可以把头发做成篱笆、梳子、火炬、窗帘、火烧云或是别的，你还是长长的披肩发，发端也是直的，没有带卷儿，你本来想把它们烫成卷发，但终究没有做。你有好多事情想了都没有做。头发是这样，还有别的。现在，你的头发从头上向上疯长，在水中飘摇，你的眼睛睁着，都可以数清楚你瞬间吐出的气泡，你觉得自己力气不多了，你仍想冲出去，你在下沉的汽车中感到头重脚轻，有些晕，这是因为汽车下沉时受河底水流推动的影响。你现在有些失望了，因为你知道你已经逃不出去了，你将和这辆下沉的汽车一起坠入黑暗的河底，并永久地待在那里。

刚才你和他在一起的时候有着无比强烈的求生欲望，你盼望着和他，那个带给了你信任和快乐的男人，你也带给了他快乐和温暖的男人一同从车子里钻出来，一起像逃脱阴险的渔网的鱼一样欢快地游动，向上游去，去接触星空下潮湿的空气，你们只有靠那空气才能活着，但是现在他一个人走了，他在钻出车门的时候并没有拉住你的手，他的脚甚至在逃离的一刹那，还踩在了你的肩膀上和胸脯上，为的是借一点力气好奋力地挣脱这牢笼，就像游泳健将在起跳台上纵身一跃，尽量跃得远一些以求获得领先的一点点距离。但他这一踩，把你又重新推入了黑暗的车厢，你像一块浮木一样在汽车内随着迅速涌入的水流转动，最终失却了逃离汽车的机会。当他像一团巨大的气泡离开了汽车，离开了你迅速地上升的时候，这一刻你知道你只能和这汽车一起下沉了，浓密的水已经包围了你，它们一开始包围着的是汽车，但现在把你已经彻底地包围了，你身陷于一种真正的黑暗，除了下降，你和汽车都没有别的方向。

这一刻你想了很多，你在想这一切是如何发生的呢？为什么一下子汽车就会跃入水中？这条河流中有什么东西吸引着这辆汽车？是那些在河面上的闪光吗？它们一开始闪动，就是为了不停地召唤这辆汽车的到来吗？这是命中注定，还是只是一个偶然的事故？你想不清楚，你只是有一些心痛，因为现在这车里只剩下了你一个人，而在此之前这里面曾经有两个人，一个男人和一个女人，女人是你而那个男人你信赖他，你坐在他的车上要走几十公里的路去和他一起过夜，到了明天，不，到了今天天亮的时候，他也许就会把你再送回去，你的生活并不会因为遇见他而有真正的改变，他也不会因为你而有真正的改变。那么现在，是谁改变了？是他吗？他已经不见了，他到哪里去了呢？刚才他还握住了你的手，他的手心里还有点儿潮，因为紧张，因为孤独，因为性欲勃发？现在，这只手没有了，你离他更远了，越来越远，直到你沉入一种真正的黑暗。

你本来就离他很远，远得有一两千公里，他生活在一座巨大的城市里，那里到处都是楼群和人群，而你，生活在一座小城市的边缘，你的家则在另一处乡村中，那里被水稻田终年环绕，你在野花中唱着歌慢慢长大。你小的时候曾被你家房前屋后的花椒树上的刺给扎破了手指，你的手流血了，你的爷爷、奶奶、父亲和母亲都非常的疼你，你父亲还把那棵惹了祸的花椒树一下子给砍掉了。你在田野上奔跑，采来各种野花，你用竹签准确地远距离就可以扎中那些蟑螂，你还会从墙角的灰中掏出一些土鳖子晒干了去卖钱，你连蚂蟥都不怕，在水田里它们刚把头钻进你的肉中，你狠狠一拍，它们就都掉出来了，你用玻璃碴子把它们一切两半，可它们仍活着。你奶奶告诉你把蚂蟥烧成灰了它们仍活着，不信你把蚂蟥灰撒进一个盛水的玻璃瓶，它们就会变成无数个小蚂蟥，你这才对这东西产生了敬畏，一种深深的敬畏，你是一个有着强烈的好奇心的姑娘，你后来上课时提问比谁都多。但父亲突然死了，死于一种奇怪的肝病，你父亲死了的时候肝肿得非常大。这样，家里就没有钱再供你去上学了，你选择了一所有生活费的师范学校，你去那里为的是忘掉父亲的死，为的是早一点自己养活自己。到后来，你当了老师，再到后来，你就跑到另一座城市当了坐台小姐，然后有一天，你遇见了他，你麻木的心有了一丝亮光，你发现他需要你，这个电视上经常可以看见的你可望而不可即的男人，实际上是那么软弱和脆弱，他有他自己的烦恼和忧愁，他像个孩子——因为他又会耍赖又会撒娇，你喜欢上了他，因为他不仅是一个大众人物，一个电视人，还因为他是一个温柔而又孤独的男人，他的舌头和手都是温暖的，他让你的身体发热，分泌各种液体，让你答应他带你走，随便他会把你带到哪里，你都愿意。

但把你带到这宁静的河底，你愿意吗？把你交给河流上的闪光，然后一路下沉，你愿意吗？如果把你带到一个长满了野花的原野，你一定愿意，把你带到更大的城市，那里灯红酒绿、车水马龙，你也会愿意，因为你一直等着一个好男人可以带走你，把你带得越远越好，如果你现在的生活是一个苦海，那么这个人将把你带离苦海。但那只是一个梦，你仍在做梦，在现在，在下沉的时候你还在做梦，梦想着一个男人，他会奋不顾身地潜入水中，拉住你的手畅游水底，然后逃离这死亡的深渊。可没有这个人，他已经离你而去，没有这样的男人，只剩下了你，独自在车中留存，被水流包围，并继续向水底沉落。

你的眼睛还能看到光线，那是汽车前灯，它们又亮了。但在黑暗的水底，水太密而黑色太浓，它们不能照到更远的地方，你可以看见那光亮中，河底深处的游鱼在安详地游动，它们在夜间也没有休息，河底的水草是那么茂盛，它们像一丛丛的灌木林，像一个秘密，像一片森林，但是鸟儿变成了鱼，这里变成了一个无声的世界，一个过去你想都没想过的世界，现在，你正在来到这里。

你对他有些怨恨吗？你怨恨他什么呢？你对他都还算不上了解，只有一夜情，不，只是半夜情，前半夜情，后半夜还没有进行，但就这样终止了。你会不会恨他独自一个人离去？不，你不怨恨他，因为，这太危险了，假如他把手伸出来拉住你，为把你救出车子而再花费几分钟，他也逃不了。等待你们两个人的将是僵直下沉的命运，这是毋庸置疑的。所以，只要他活着，你仍是高兴的，你庆幸他也许能活着出去，他会大声呼救，叫来救生员，把你从这河水深处救上来。所以，即使他在逃离这下沉的汽车时，踩在你的身体上的那两脚是那么重，他因此而获得了一种逃离你的速度，他因此像一柄射出去的箭一样飞了出去，你也不怨恨他，你仍想念着他的舌头和手，它们都那么温柔，把你饥饿的皮肤喂饱，使你在下沉中仍因沉浸在对这些的回忆中而充满了眷恋。

那么，为什么现在在这黑暗、冰凉的水世界中只剩下了你，没有他，没有别的人？这就是你的命运和归宿吗？为什么你要不停地下沉，而气泡却都要浮到水面去？你有那么重吗？你和车加在一起的确太重了，重得除了落到水底，你们已没有其他的选择。这辆车也许也是有生命的，但现在它对它的命运无法抗拒，只能任由其沉落。它只能睁大了双眼，刚才它还闭了一会儿眼睛。照亮周围的水域，为的是把这里看得更清楚一些，它惧怕黑暗，和你一样，它不想来到这里，更不想在这里待得太久。

你还想到了什么？想到了你的骑着摩托车飞驰中被突然飘荡的电线割去了脑袋的弟弟吗？死亡是那么密集地围着你的家庭，先是你父亲，然后是你的弟弟，现在则是你了。可你现在还没有死，你可以借助灯光，看清楚这水底的一切，你似乎还可以听见声响，汽车的各个部位在水中承受各种压力的嘎吱吱响声，还有水泡上浮的声响，那是你的体内、身上、汽车中所有的空气在逃逸，它们都想逃走，逃离这压力越来越大的河底的世界。

现在他是否已经浮上了水面呢？他能否截住一辆便车，赶紧去报警？他们又能以多快的速度到达这里？等他们来的时候，你已经在这水底待了多久了呢？你死的时候会是什么样子的呢？浑身僵硬，眼白突出，你看不见任何光线，像一块漂浮着的硬木板一样，和汽车静静地停留在水底。现在，一切都已安静了下来，刚才的骚乱完全停止了，再没有气泡逸出了，水已经把所有的空气都挤压了出去，让它们升到水面，然后爆裂了。水底又恢复了宁静。即便是这条河流的水面流逝很快，但水底，速度却非常慢，而且因为有一个凹陷地带的原因，水甚至在迴流和旋转，因此在水底形成了一片相对安静的水域，而你，就待在这安静的水域中，一动不动了。挣扎没有了，那些刚才被惊动并迅速跑开的鱼又回来了，它们好奇地围着这辆汽车旋游，在车灯照耀出的水域探视。它们冲撞着挡风玻璃、车窗玻璃，它们想进来看个究竟，但那透明的玩意儿把它们的头撞得很疼，这使得它们很纳闷。后来，它们终于从那一侧被砸开的车窗玻璃上钻了进来，它们看见了你，它们感到了害怕，因为，它们把你当成了一条大鱼，一条要吃别的鱼的鱼，你潜伏在这黑暗的处所，布下了一个阴暗的陷阱，为的是将它们全部擒获，它们慌了，它们像箭一样在汽车里四下奔突，但总是要撞在那几面透明的玻璃上。后来，它们发现你没有动，你的手臂甚至十分友好地伸展开来，你并没有对它们做出任何威胁的举动，你是善良的，像你过去的时候，过去任何时候都一样，你从不伤害那些小动物，它们就放心地来到你身边，用它们的唇和你的唇相碰，并且在你散开的长发间自由穿梭、嬉闹，它们感到很快活。它们和你的身体相碰，感到你的体温要高一些，因为它们浑身都是冷的，这又使它们很快活，它们游啊，游啊，在你的四周聚成了一条鱼的环流。

22

对于这一切，你是完全可以感觉的，因为，你很早的时候，就想自己变成一条鱼，你那时候还是一个少女，你还拥有很多的幻想，你最想变成鱼或者鸟，它们可以在水中游动，或者在天上飞，那种自由令你羡慕。那当然是在你的青春期，你身体中间的那个小孔，才开始定期排出鲜红的血来，这让你恐惧、烦恼，使你对自己的身体有了十分明确的意识，使你对做一个女人，感到了忧虑，这是从内心深处涌上来的烦恼，成长的烦恼。因此，你那时候最羡慕的就是鸟和鱼了。

要做一只鸟，可以飞遍大地，飞遍大地上那些闪光的河流。但这必须要有一双翅膀。这要困难些。现在，当那些鱼包围着你的时候，当那些鱼摆动着优美的尾巴，围着你盘绕，形成了一条鱼的花环时，你感到，你自己也要变成一条鱼了。是的，机会来了，这时候你甚至可以变成鱼的女王，一条很大的美人鱼，你将和它们一同游出车厢，游向更远的地方，顺流而下或者逆流而上，看遍水中的风景。你感觉自己的身体在起着变化，背鳍、胸鳍、尾鳍一下子就长出来了，你的双腿变成了一条大尾巴，你只是稍稍一动，就游出去了好几米。那些小鱼们欢快地和你一起游动，它们甚至比你还快活，因为现在，它们有了一个保护者，这个保护者就是你，你是它们的公主和女王，可以带着它们在水底前行。

要到哪里才是你最终想去的地方呢？做一条鱼，可以在水底自由地游多久？顺流和逆游，你该到哪里去？倘若顺流而下，最终河流消失的地方，是和一条更大的河流汇合，还是消失在了大海里？而上溯，是抵达了一眼眼山泉，还是到了那冰雪融化的雪山之巅？这两个方向的旅途，都是十分艰难的。做一条鱼也是不容易的，而且，做一条鱼现在面临着更多的危险，要面临鱼叉、渔网的围剿，人们为了抓住鱼，发明了各种捕鱼的方法，他们除了用鱼叉和渔网，还要用炸药炸鱼，用电电鱼，用鱼鹰来捕鱼，用鱼竿钓鱼，用粘网粘鱼，用药水毒昏鱼。水下的世界也仍是一个危险的世界，大鱼吃掉小鱼，凶狠的食肉类鱼要吃掉温顺的食草类鱼，各种鱼类之间还要厮杀、抢夺和争战。水下并不是一个安乐的世界，即使你做一条美人鱼，在夜半唱歌，引动思乡的船夫流泪，同时也要提防有人射来一把鱼叉。人是险恶的，即使是丹麦的铜雕美人鱼像，有人也会用锯把她的头锯掉，并且把这颗头颅卖到很远的地方去，让她身首异处。

你对在水底做一条鱼感到恐惧了。但现在你已经在水底了，你做不成一只鸟了。一个人只能有一种命运，这命运迫使你必须待在水下。你要学会适应这水下的环境，你要习惯水流中的泥沙和各种寄生虫，以及人们排在河流中的废水、垃圾和排泄物。没有比水更干净，也没有比水更脏的东西了。你要习惯这样，习惯在水中摆动尾巴，自由地游走。

你的内心之中还有一种担心，那就是，他是否真的已经上岸。他是否真的已经逃离了？如果他没有逃离，那么他会不会也变成一条鱼了呢？他会变成一条什么样的鱼？金枪鱼、大狗鱼、草鱼、红鲤鱼、鳗鱼？他可能并不喜欢水，也并不喜欢在水下变成一条鱼。那么，他会不会变成一条长长的水蛇？你过去就怕蛇，你怕这种长长的东西会钻进你的身体里去。他会用他长长的身体缠绕住你吗？他如果想和你亲热，他那长长的头部和尾部，会分别钻入你的嘴和身体下部的孔洞吗？这使你不寒而栗。如果他变成一条水蛇，那么你希望他忘了你好，你们不是一种类别，你们应该在生活中互相忘却，仿佛你们从未认识，在各自的水域中生活。因为，一条美人鱼是永远都无法和一条水蛇相爱的，哪怕他们过去曾经相爱，曾经有过一夜情，但这也是不可能的。因此，你现在还是不要去担心他、猜测他，你还是认真准备做一条鱼吧。你已经在水中了，水底的光线越来越多，在水面之上，在大气层之上，天空中的星星已经稀薄了，它们像一些神秘的客人，又消失了。天快要亮了，太阳正在疾速地升起来，光亮在整个世界中充满，并且将向水底漫溢，抵达这条河流的深处，照亮每一条鱼的鳞片，也照亮了你，照亮了那辆黑色汽车。你实际上并没有变成一条鱼，你仍旧漂浮在那辆沉没在河流底部的汽车里。

23

我死了吗……我确实已经停止了呼吸吗……我现在仍旧在水中在很深很深的水中我已没有了窒息感那水一下子涌入肺部的时候我反而有一种轻松的感觉就像是闸门开了水一下子冲进了大坝之外我的身体里所有的空间已经全部被水占满了……可我并不想死因为为什么非得我死他呢他到哪里了他刚才在我的身体上踩了一脚借了一把力气才逃出了这口活棺材……我真该听阿姨的话不应该在这么晚了还要和客人一起出去我为什么要跟他一起走这么远的路他什么时候还会再回来救我他会回来救我的我现在仍旧在车里刚才我还有劲儿可以爬出去但现在我没有劲了……可我还有听觉虽然水已经充塞了我的耳朵我还可以看见因为水底有微弱的光亮我已经适应了水下的视线他刚才跃起的时候带起的很多气泡全都消失了四周现在很静我可以想很多事件但我知道有一种冰冷已经侵入了我的躯体我已经变得僵硬了可我的大脑还在活动我对一切都很清楚我很清楚我不知道

我会在这里待多久我也无法责备他自私因为他是从很远的地方来的远得只能从电视上看见他他也孤立无援陷入了他自己生活中的危机我喜欢他我崇拜他我没想到我会和一个我崇拜的人待得那么近他的手握住我的手就像我的左手握住右手他的身体是十分强健的这让我有安全感如果他能把我带走就好了把我带到他生活着的那座城市我可以随便干点儿什么我可以在幼儿园当阿姨只要能天天看见他和他在一起可他有老婆他已经向我说了这不是令我十分绝望吗我仍旧喜欢他这怎么办我愿意我愿意跟着他走到哪里都行我愿意但到这里不好在水下只剩下了我一个人不好他呢他快回来救我了吧带着几个蛙人他们都有氧气瓶还会把一个氧气罩放在我的嘴上他们拉着我的胳膊带我走在水流中上升你们快来呀我体内已经没有氧气了虽然我还可以看见可以听见我的体温在下降我还没有死我想活着活着就好我再挣一点钱就可以开个小店了我在他家附近开个小店他每天去上班都可以看见我我们心照不宣我在夜里等他他说要和老婆离婚但是但是他还没说要带我离开这儿带走把我带走这都是我的想象我刚才一直在想在车里想如果和他一起走该是怎么样我喜欢他他在哪里你们快来呀我体内的氧气不多了我死了吗我一动不动了可我还听见一点儿水中的声音我看得见那微暗的灯光中的鱼这里只剩下我一个人我太孤单了……

24

他浑身湿漉漉地爬上了岸，大口地喘着气，他这下子可被吓坏了，刚才他以为自己快不行了呢，他憋足了一口气拼命划水，当他把头探出水面的一刹那他知道他成功了，他像一条两栖动物爬上了岸，大口地喘着气，余悸未消，惊魂未定。他都回想不起自己的车是如何一下子就给翻到河里去了。现在，他看见了渐渐发白的天空，他看见了那种鱼肚白色，这与青色天空和黑色大地一起过渡成某种颜色，四周没有一个人，潮气从地底下升起，他感到又冷又饿，仿佛刚被谁从地狱中驱逐，在公路上也没有车辆，什么都没有，只有他一个活物，他嘤嘤地哭了几声，但他立刻想起水下还有一个人，她还待在水下面呢，她没有能和他一起钻出水面。

25

“姓名?”

“罗宁。”

“年龄?”

“三十六岁。”

“职业?”

“电视节目主持人。”

“我看过你主持的那个节目，这回该轮到你真话真说了，那汽车中那个女的，她叫什么是干什么的？”

“我不认识她。她是一个歌厅的小姐，我不知道她的名字。”

“是忘了还是从来也没问过她？”

“……是忘了，她好像告诉过我。”

“昨天晚上你几点开车离开那个歌舞厅？”

“是今天凌晨。大概凌晨三点……我记不清了。”

“你要把她再带回住处嫖宿，对不对？”

“不，她喜欢我，愿意跟我走，我们没有金钱交易。”

“不会吧，她的手包中已经有一笔钱了，我们检查过那是你给她的吧。你给过她钱，对不对？”

“是的。但她喜欢我，愿意到我住处去玩儿。”

“玩什么？”

“聊天，喝酒，看电视，随便玩儿什么。”

“就是不上床吹吹喇叭？”

“看情况吧。”

“那就是说，也可能会上床吹吹喇叭？”

“会的吧，看兴致。后来在路上，我心情不太好了。我妻子要和我离婚，我心情不好是不会和她干那事儿的。”

“但她的阴道提取液中有精液。是你的吗？”

“是我的。”

“所以，我说你要带她回住处嫖宿，你现在不否认了吧？继续嫖宿，对吧？”

“她喜欢我。”

“每一个这种女人都会喜欢你，谁不知道你是真话真说节目的主持人啊，所以，你也要向我们真话真说。”

“她真的已经死了？”

“不知道，还在抢救中。但她在水下待了六个小时，你觉得她会活吗？”

“我不想让太多人知道这件事，我实在不想。”

“我们会做一定的保密工作。后来是怎么出的事儿？”

“可能是因为酒后驾驶，我喝得太多了，在歌厅里，在车上。”

“在车上也喝了？”

“不，我们是半路下去喝的。把剩下的小半瓶威士忌喝完了，然后把瓶子扔在田头了。”

“你们下车干什么？”

“在农田边上说说话，聊天，开车开累了。”

“你们在农田里干了没有？”

“没有。”

“在出事以后，你是怎么从车里出来的？你想过要救她吗？”

“我是用一把扳手砸破窗户玻璃，从里面钻出来的。那时候水下太黑，看不清她，好像水流一下子把她冲开了，于是我一个人游了上来。”

“为什么不救她？”

“我水性不好，活着出来是我命大，我来不及，我想着要救她，但我看不见她。”

“可你为什么能够在车里找到扳手？”

“是她递给我的，工具箱在她的那一侧。”

“那你也应该有机会把她救出来。”

“没有时间，确实没有时间，我想……我也可能只顾自己逃命了。”

“你从水下爬上岸后，干了些什么？”

“我在等车，等有人经过，我等了两个多小时，天已经亮了，有一辆小轿车开了过来，我拦住了它。”

“车主是个什么人？”

“像是一个老板，我给他讲了我的情况，他同意把我拉到我的住处，在车上我用他的手提电话和几个人通了电话。”

“你都和谁通了电话？”

“给交通管理局值班室，一个女的接了电话，我还和几个朋友通了电话，还有我们真话真说报道组的人。”

“听说你和陈永林副市长是同学，你给他打电话了吗?”

“……没有。”

“他知道你现在的情况，他已经向我们局长打电话询问了。所以，你一定要真话真说。”

“我没什么好说的了。我在一个歌舞厅玩儿，把一个三陪小姐带上车，准备带她到住处去过夜，但路上出了车祸，我侥幸逃生了，我没有蓄意制造这起车祸，我喝了酒，算是酒后驾车肇事吧。”

“我们还会继续调查。她的尸检报告的详细内容还有待专家确定。我问你，在落水前她是否还活着?”

“当然！难道我还杀了她不成?”

“这也是一种可能。”

“你太会推理了。我没必要杀她。”

“假如你在内心中瞧不起她，觉得你干了一件蠢事，你不想再带她回去了，或者她要价太高，你就会起了杀心。”

“她是一个不错的姑娘。可惜了，她过去当过小学老师，她的死怪我，怪我……”

“她的父母已经来认领过尸体了。他们认为你是凶手。”

“她的父母亲？她告诉我她父亲很早就死了的……”

“她的继父，她妈去年又改嫁了。可能她还不知道。他们说要起诉你。”

“难道，难道不能私了吗？我愿意出钱，我愿意赔偿……”

“你是一个名人，他们会借机敲你一下的。这都免不了。树大招风啊，谁让你是名人呢。可名人也有栽的时候。你走错了一步的话你就栽了。现在你就栽了。所以你要真话真说。”

“还要我说什么！这要毁掉我的一切了，我还有什么好说的？”

“你真的说完了？”

“……”

“好吧，请在这份记录上签个字，认真看一遍后请签一个字。”

26

《江城晚报》——

（本报讯）著名电视节目主持人罗宁昨日晚在本省××市至××县的公路上因酒后驾车出了车祸将车开进了公路旁的潮黑河。今天上午交通管理人员已将落水的汽车打捞出来。罗宁侥幸逃生。公安人员发现，在车内还有一个女人，已经死亡，系溺水来不及逃生窒息而死。死者的身份还在调查中，据猜测与罗宁有情感关系。也有消息说此女子系一个三陪小姐。罗宁主持的“真话真说”节目在观众中有巨大的影响，此次他来我省是为制作一个新节目，有关此事的详细情况，仍在调查之中。

27

“罗宁在我们这儿出了车祸，这事儿你知道了吧？”

“从晚报上看见了。可晚间的新闻为什么没播，他那么大的名气，这事可大了。”

“他所在的电视台通过宣传部施加压力，不让报道。你说我们从这件事中能捞到什么好处？”

“你知道他是陈永林的同学。你和陈永林一向是对手，可以借一把火烧陈永林一下子。我听说陈已经给公安局施加压力，想叫他们从轻发落。我们可以以陈永林妨害公务来整他一下。”

“所以，现在要静观其变，让我们先活动，咱们后发制人。”

“不过，罗宁毕竟是著名电视节目主持人，他在北京的关系多着呢，会有人保他的。这件事儿我们还得看上面的。”

“报纸已经把这个消息捅出去了，弄得越大越好。对我们没坏处。罗宁他们这个节目，这几年找了我们省好几次麻烦，有几笔基建资金，省计委因此就不给咱们市批了。我们不能放过这个机会。”

“听说那个死了的女的是个暗娼？这下罗宁算是完了。”

“所以，要尽快让一些外地小报把这个事情炒起来。要散布一些消息出去。”

“陈永林这几年势头很好，我听说马上要进常委会，任命他当常务副市长了。这不是挡了你的道儿嘛。”

“他给公安局去的批条，要弄到，通过纪检委去办。我们要有文字凭证，拉不动他下马，也让他别跑得那么欢。”

“这次罗宁那个节目，那个叫‘真话真说’的节目，是来曝光江城市水泉县大石头乡小凹村一个农民交提留款自杀的事的。这下，出了这事儿，我们先不用派人去活动了。我们先把罗宁搞臭再说。”

“这是一个好机会，我们要利用好它，我们就算不成功，也不会损失什么，这是我们的优势。”

“这‘真话真说’要是天天去揭别人的短，我看着都过瘾，可老是揭到我们头上，对不起，我们可不吃你那一套。”

“不要跟电视节目对着干，现在新闻媒介越来越厉害了，要巧妙利用，要迂回前进，韬光养晦。”

“要把罗宁判个几年刑，就是特大新闻了吧？”

28

《南国消息报》——

（本报讯　记者庞亮程）××电视一台“真话真

说”节目主持人罗宁前天凌晨在××省江城市××县出了车祸。他因酒后开车，将他驾驶的一辆克莱斯勒轿车开进了公路旁的潮黑河。潮黑河发源于××山，流经三省市，最后注入长江，在罗宁出车祸的地点水深达七十米。罗宁侥幸逃生，据称他是用硬物击破车窗玻璃，从车中逃出的。警方从打捞出的车辆中还发现有一具女尸，年龄约二十二岁，系一歌舞厅三陪小姐。据知情人透露，罗宁系打算将此三陪女带至住处嫖宿时，途中不慎出了车祸，此前两人都喝了大量的酒。罗宁因酒后驾车已被拘留，详细情况本报将继续予以关注。

《法制时报》——

落水女父母起诉罗宁　著名主持人缠身官司

著名电视节目“真话真说”的主持人罗宁被起诉，目前××市中级人民法院已受理了这起诉讼案。罗宁一周前在××市××县境内出了车祸，由他驾驶的汽车落水，除他逃生外，车内尚还有一不知名女子溺水而死。据证实，死者叫王梅，二十三岁，系“金色港湾”歌舞厅坐台小姐，因与罗宁在歌舞厅中搭识，被罗宁带走。此案有望在近日开庭，不少观众对罗宁的遭遇表示惊讶和同情，因他在观众中享有很高声誉，所以大多数人对此事表示了震惊和沉默。

29

“我们当然要和他打官司了，就是他害死了我们的女儿的。我们当然要和他打官司了。”

“你们打这场官司，是谁出的主意？”

“怎么，你以为农民就不懂打官司？国家主席还说以后要依法治国呢。这事儿，就得打官司，没谁给我们出主意。”

“有人在背后操纵你们，想搞倒搞臭罗宁，继而败坏电视台的声誉，这我们是知道的。你们打官司，是想让罗宁进监狱吗？”

“对！就是得让他进监狱！是他害死了我们的女儿。”

“不对吧，王梅不是你的亲生女儿。你去年才和她妈结婚，我们是知道这一点的。你其实最想的是要几个钱，对不对？”

“钱当然要要，可杀人偿命，我们要他为女儿蹲班房。”

“罗宁是酒后开车，顶多判个两三年，而且很快会假释出去，这你们就一分钱也拿不到了，而罗宁不会有什么事的，这你们没想到吧？”

“官官相护，咱农民就打不赢这场官司，惩罚不了凶手了？”

“不要再唱高调了，我看咱们商量一下，把这件事给摆平了。”

“商量什么？”

“私了，明说吧，你们想要多少钱赔偿？罗宁不是故意要害人，这车祸不由人，人死了也没办法再活。罗宁是个好人，成千上万的人都喜欢他，他对你们女儿的死很内疚，希望以经济赔偿来私了这件事。你们还是撤诉吧。”

“我，我和孩子她娘商量商量。这可是一件大事哩。你知道，人命关天哩。”

“好，明天我再来找你们。你们要好好商量啊！”

30

在接连的好多天里他感到他真的像是一个溺水者，即使是他已经从水中爬上了岸，但他仿佛仍然在水中挣扎。他没有想到，这一回，他在社会中溺水了。如果说，社会也是一条河，那么它一定远比潮黑河要浑浊，要复杂，要激流暴跳，或者说，他从真正的水中爬出来，再一次的又掉进了水里，那一次他在挣扎着的是肉体，那么这一次，在逃生的则是他的灵魂。这使他痛苦，使他接二连三地重新回到那个晚上，那个漆黑的夜晚，远处的河面上不断地有波在闪着光。一切仿佛是在梦中一样，他的车子出了问题，他们一下子掉入了河里。

仿佛一架摄像机将整个过程在回放，通过慢镜头向回放。是的，是有一条在黑夜中闪光的河流，是有一辆汽车，它行驶在河流边的公路上。然后，这辆汽车突然驶离了惯常的方向，它向河里冲去，在它掉进河里的一刹那，定格：这一回我们看到的是她，是一个女人在驾驶汽车！

31

是的，是她在驾驶汽车，他说，是她开的，我在一旁指导。而且，警方确实还从她的住处而不是她的手包中，找出一个汽车驾驶证。这是这个事件的关键所在，是她开的车，不是我，是她把车开到那条河里去了。为什么她会把这辆汽车开到河里去呢？因为她说她看见了那条河流上不断地有闪光，那可能是汽车车灯照耀河面的原因，也可能是某种不可知的天气原因，那河面上的闪光扰乱了她的视线，加上我们都喝了酒。于是，汽车掉进河里了。慌乱中我在车厢里摸到一把扳手，我砸开了车窗玻璃，我逃了出来，她则和车子一起沉了下去，来不及逃生了。我对她的死感到内疚，她是我在歌舞厅认识的一个朋友，我很寂寞，想找个人说说话，于是我想和她说说话，彻夜长谈，在我的住处。我是把她当作一个朋友，我从来不嫖娼，也没想过，我怎么会干那样的事？所以，对她的死我比任何人都难过，包括她的父母。虽然她的继父她甚至还没见过，我在内心中，在实际情况下，也要向他道歉，向她母亲道歉。毕竟，是和我在一起她才出的事，我愿意做一些经济援助，经济支持，经济补偿，我想对失去了一个女儿而言，他们，她的父母需要的除了安慰，还有钱。

后来他们开了一个价，他把钱给他们了。当然是他的朋友帮助办的。他们撤了诉。一些新闻媒体又用与上次相反的口径报道了这件事，而且，还报道了要点：是她开的车，而不是他。他像一个溺水者那样，又一次死里逃生了。

32

“我们要让他立即上节目，社会上关于他的传言太多了，只有他出现在屏幕上，才是辟谣的一个最好办法。”

“台长，他这件事完了没有啊?”

“当地公安局不是已经结了案吗？是女人，那个女人开的车，不是他。而且，他不是已赔了一笔钱吗？有人在利用这件事，在攻击我们‘真话真说’节目组呢。所以他不能倒，你明白了吗?”

“可毕竟，死了一条人命。”

“那也不是他杀的，这一点公安局的人已经证明了。他是这台节目的象征，三天内让他出现在屏幕上。”

“我听说他后来是翻供的，那个女的父母撤诉，是因为有人威胁了他们……”

“王副台长，他必须立即出现在电视屏幕上。公安机关说没事，就是没事儿。抓人关人判人不是我们的事。群众喜欢‘真话真说’，群众喜欢他，就是这样，他是我们电视台的一面旗，这是绝对不能倒的。”

“好的，我立刻通知下去。但你是说他一点问题也没有了？比如嫖娼什么的，有人，××市的人还向我们写信，说他……”

“公安机关已经定了性，没事儿了。我考虑，王副台长，一年后，再让罗宁静悄悄从这个‘真话真说’节目中下来，到别的栏目去，这样，对我们的节目，进而对我们的工作成绩都没影响，现在你明白了？”

“明白了，老黄，还是你高。如果他倒了，‘真话真说’节目也就倒了，节目倒了，咱们也就没什么工作成绩了……明白了，老黄……”

33

“祝贺你，陈副市长，祝贺你当选为市委常委，我听说过几天要宣布你为常务副市长了。祝贺你。”

“有人还想把我搞下来呢，你知道，是他们一伙，想通过罗宁这件事整倒我。”

“但现在他们垮了，你胜利了，而且，你还把他们给挤走了。”

“不不，是正常调动，一个新班子，总得有些较团结的人在一起才行吧。”

“罗宁他没事了吧？还是你给他出的主意高，叫他翻了口供。”

“你没在电视上看见他？上一个星期，正是他主持报道了那个农民自杀的事件。他只要出镜，就没事儿了。因为，当时不是他开的车。”

34

那天他终于回来了，他走进家门，这里有他熟悉的一切，熟悉的家具摆设、室内植物、电器，熟悉的各种气味。有一些是她的，在他出差这一段时间，这套房子里他的气味少多了，充斥着她的气味。对这种味道，他是熟悉的，他熟悉她身上自然或各种化妆品所散发出的各种气味儿。他还想闻出其他的气味，但是没有，他没有闻出来，没有什么可疑的迹象。他像一个溺水者爬上了岸那样走进自己的家，他扑向沙发，继而又扑向床，他的身体需要这样的归宿。上一次他是从水中爬出来。他爬上了岸，哭了，这一回，他又从另一次溺水，或者说这种接连不断的溺水中爬出来，爬向了岸，这一回他是真的上岸了，他哭了。

她进了门。她听见了他的声音，她向他走过来，这一刻他们似乎都非常需要对方。她走到了他的跟前，他从床上坐起来，把头倚靠在她的胸部，像个孩子那样哭了起来。而她，也激情澎湃，为这像是久别之后的重逢、新生活之后的出狱而溢出了一点泪儿。两个人的拥抱都是心照不宣的，一个需要另一个；而另一个，在进行了一番漂泊之后，又打算重新回来，实际上他们的拥抱相当复杂，因为，他们两个人都历经了一次出走，但发现出走之途十分险恶，在经历了小小的冰雹之后，他们又都缩了回来。对于她也是这样，她发现自己不可能和情人过一辈子，她不想在生命中重复一些已经发生的事，重复是没有任何意义的，于是，她也回来了。两个虚伪的人因为彼此的需要，现在他们拥抱了，拥抱得比过去任何时候都紧，因为他们都险些真正失去对方。生活中到处都是泡沫，能真正抓住的东西可太少了，而他们，既然已经抓住了对方，他们松了一下手，就又紧紧地互相抓牢了。

这之后的动作，两个人的动作是无声但又充满了默契和激情了。他们做爱了。他们已经很久没有做爱了，但这一回，他们干得很好。因为，他们在经历了一次溺水之后，又一次牢牢地抱在了一起。

35

“你还想和我离婚吗?”

“我不想，我需要你。我知道你也需要我的爱。我得知了你出车祸之后，我就一下子感觉到我们分不开，我离不开你。”

“为什么?”

“那是一瞬间的感觉，我一下子觉得只有我们两个人才是最亲近的，我实际上不可能再去爱别的人，我喜欢上了他，实际上是为了体验一种因爱你而不得不生出的背叛，我因为这种背叛而证明了我对你更深的爱。”

“我……听不懂，这太像绕口令了，他还缠着你吗?”

“没有，我对他相当冷淡。我们不会再来往了。你不愿意我再回来?”

“当然愿意，因为，因为那次车祸，我才发现我也非常爱你，非常需要你。我是怕失去你才去……”

“才去嫖妓，对不对?你居然干出了这种事，我一开始听说后大为震惊，但是，我后来明白了这是我给你带来的压力才使你那样做的，我知道是我错了。”

“我也不好。我确实不好，我希望你谅解我。你会吗?”

“会，因为我们都需要宽恕对方，你也要宽恕我，因为，我的确曾想离开你。”

“我们好好生活吧，生活已经给了我们不少的教训了。而且，那件事，那个溺水事件造成的影响，那种坏影响，我还需要一些时间，才能把它从心理上和周围都扫除。毕竟，好多报纸报道了这件事。”

“大家看我就像看希拉里承受着克林顿的‘拉链门’事件一样，而实际上，我也是一个克林顿，我真的很糟糕……”

“我们这样开诚布公交流非常好。因为，我们要互相信任，我们还要工作，还要干很多事情……”

“不会再有什么力量可以让我们分开了。人要是折腾累了，都会安静地休息，都不会再去折腾了。我们也一样。”

“那也说不定，也许过几年，我们又会有新的问题出现。”

“为什么要管那么多？只要我们现在挺好，我们的未来也不会出问题的。”

“你有这个信心？”

“我有，你也应该有，你要有信心。我们互相都给对方信心，好不好？”

“好，我们的船，险些真的全沉了。险些全完了。”

36

于是，他和她都进入了梦乡。对于她的梦，他是不知道的，因为在一个人做梦的时候，他不可能进入另一个人的梦，但他对他的梦，是知道的。他梦见他再一次沉到了水底，这一回他是来找那个和他一起沉入河底的女孩的，这一回他背着氧气瓶，像一个蛙人那样潜入了河底。他回来了，他没有践约，因为他记得当时他们俩一同沉在河水中，她推他向车外时的眼神，她是盼着他来救她，和他一起逃生的。但是他活了，她却死了，现在，他来找她了。

河底的世界是斑斓的世界，我们说过它还是一个幽暗的世界。在这个幽暗的世界中生活的除了水草就是鱼虾，不会有人的。但是他渴望发现她，发现一个女人，这个女人和他一起沉了下去，而他来不及救她，独自一个人获救了。也可以说她运气不好，也许这就是命中注定。但是他不想让她一直待在水底，他来了。

在梦中，他在这河流的底部潜得很深，他看见了那辆汽车，它像一只巨大的海龟一样待在河底一动不动。他扒住车窗，用灯向车里照，里面除了漂游着的一些受灯光惊吓的鱼之外，别无他物，但他还是发现了一些什么，那是一只鞋，一只白色高跟鞋，她的鞋子。他伸手抓住了它，生怕它像一条鱼一样滑走，他试图从这只鞋上感觉到她的体温，但这是徒劳的，那鞋上没有任何温度，它冰冰凉。

在另一个梦中，他在水中似乎看见了她，她直立在水中，头发在水流中像海带一样向上长，并在水流中摆动，她的双臂也向上伸着，四肢是僵硬的，他非常高兴，因为他终于在水中发现了她。他靠近她，发现她只剩下了两个乌黑的眼眶，因为她的眼睛早已被小鱼给啄去了。

他吓了一跳，闭上了眼睛，但当他再睁开眼睛后，发现她又不见了，水中有的只是鱼，只是看见他就远远躲开的鱼。他在水下根本就找不着她。他曾经离弃了她，那么因此，即使是他再次来到水底，他也找不着她了。在这些梦的结尾，他都无一例外地爬上岸，看着河面上荡漾的微光，号啕大哭了起来。有些东西是永远也找不回来了。

37

他从梦中醒来仍可以感到那梦残留的遗迹，这件事已过去很多天了，可仍使他感到惶惑。而她，另一个做梦人在醒来之后，两个互相需要的人彼此紧紧拥抱着，他们经历了背叛和沉溺，将拥抱得更紧，在一种虚饰、虚伪和暧昧的复杂感情中紧紧地拥抱着。

塑料男与简单方便女

1. 锦鲤

最近，我感觉我的身体有些不适。有一天，朋友请我和妻子在一家供应各种野生菌类的餐厅吃饭，这家环境幽雅的餐厅叫“俏云南”。饭菜很好，我、妻子和几个朋友都很开心。就在我上厕所的时候，我刚要小便，忽然看到，在小便池里竟然游动着几条非常漂亮的鲤鱼，就是学名叫作“锦鲤”的红色带些微白花的鲤鱼。鲤鱼竟然可以在人的小便里生存得那么悠然自得，却让我产生了一种很不好的感觉，因此，我无法在那个小便池里小便，跑到了里面的马桶边，在那里匆匆行事之后，突然产生了呕吐的感觉，就对着马桶吐了半天。

我神色灰白地回到了座位上，好久都没有说话。妻子觉得我有些不对劲儿，就问我，你怎么了？是不是哪里不舒服？我就告诉她我看见锦鲤游走在小便池里的情景。我说，我看见鲤鱼之后，不知道为什么，就呕吐了。妻子就说，我看见了，也会呕吐的，要是你感觉不舒服，我们可以早点离开，回家休息去。

这个时候，坐在我旁边、关切地听到了我和妻子的上述对话的画家阎力插话了：这有什么稀奇的呢？我告诉你我的故事吧。我在日本留学的时候非常穷，主要精力都在琢磨艺术上，没有怎么去打工，有时候连吃饱饭都困难，除了上街给行人画像外，我还想了很多歪门邪道，来生存下去。比如，用细绳吊着一枚硬币，在电话亭里的投币机上往国内打电话，等电话打完了，再把绳子一拽，那枚硬币就重新回到了我的手里。等于说我在日本经常白打电话不花钱。谁让那个时候咱穷呢。

诗人兼出版家龙冬说，你说的是20世纪80年代中国出去的留学生的情况吧，现在可不一样了。我告诉你，上个月，我去德国参加法兰克福书展回来，发现在飞机的头等舱里坐着的，都是一身名牌的中国毛孩子留学生。他们是中国的新贵和“富二代”，那个牛屄啊，一副满不在乎、态度傲慢的样子，坐姿也是斜仰八叉的，一点不在乎西方人侧目的神情。倒是那些面目含蓄、谨慎的欧洲人，一个个谦和地、老老实实地把自己那庞大肥胖的身体，塞到了经济舱的小座位里而沉默着。我看着，觉得世道真变了，真解气啊。现在，该轮到我们中国人爽一爽了。

阎力说，你不要为那些没有教养的骄横之徒唱赞歌。欧洲人骨子里还是看不起我们的暴发户。

龙冬说：随他怎么看，反正现在我们至少占领头等舱了。

阎力说：我的故事还没有讲完。在日本，我有时候没有钱吃饭会断顿儿。我饿得不行的时候，偶然发现，在东京城区的一些人工河里，游走着一些很漂亮的金色大鲤鱼，就是刚才你说的那种锦鲤。我就动了偷鱼吃的心思。为了能吃到那肥大的鲤鱼，我细心准备了好久，还买了钓鱼的用具。第一天里，我早早地起来，假装去跑步锻炼，到了河边，看看周围的人很少，就往河里甩了鱼钩。那鲤鱼个个都很傻，有一条立即上钩了。可是，正当我往上拽的时候，一个老头儿跑步经过我的身边，我一紧张，加上钓鱼线很滑，我就松手了，那大鱼就带着鱼钩鱼线跑掉了。我不甘心，第二天一大早又去了。这一天很适合作案，因为起雾了，50 米开外，什么都看不见。我十分顺利地钓上来一条大鲤鱼，并用事先准备好的一件旧衣服，把钓上来的鱼包起来，为了不让人瞧见之后生疑。我兴高采烈地把鱼拿回家，准备按照日本人吃生鱼的方法，大吃一顿生鱼片。我很兴奋，因为，那条鱼太大了，要是在餐馆吃，至少要花 4 万日元。我一激动，还打电话叫来了另外一个留学生画家刘波。他来了，也很兴奋。我准备好了芥末、酱油、清酒、饭团、酱汤，把鱼仔细地切成了细片，啊，鱼肉很多，肉质看着也不坏，我和刘波都很高兴，早就开始流口水了。等到我们坐定，拿起筷子夹住一块新鲜的鱼肉往芥末上一蘸，往嘴巴里一送，登时就傻眼了。你们知道我嘴里那鱼肉是什么滋味吗？

我们都看着阎力，摇了摇头。

阎力说：我告诉你们，和橡皮的滋味差不多，完全不能咀嚼和下咽。我硬嚼了半天，根本吃不下去，真把我恶心坏了！我们都立即把鱼肉吐了出来，也不知道到底是怎么回事——那么好看的金色大鲤鱼，肉质怎么这么糟糕呢？味同嚼蜡！我想不通。后来，我碰到一个日本好朋友，他是一个万事通，我告诉他我的尴尬和疑惑——我不明白为什么人工河里的鲤鱼肥大漂亮，怎么就不能吃呢？他哈哈大笑，他说，你们中国人是聪明反被聪明误啊，这一次，栽了吧？那人工河里的鲤鱼，就是为了清理水中的化合物和垃圾专门放养的，因为，城区的人工河水里，有大量的洗涤剂、人的排泄物和其他化学制剂。鲤鱼在这样恶劣的水里生存，时间长了，就慢慢习惯了那些有毒化学品，反而变得更加肥大和漂亮。可是，肉是完全不能吃的。因为，那鱼已经不是鱼了，它已经变成化学鱼了。我说到这里的意思是，我们现在的食品也很有问题，这些年，什么毒奶粉、毒平鱼、毒蘑菇，诸位，你们看看你们眼前的盘子里的东西，追究起来，哪一样不可疑啊？不过，也许我们人类适应性很强，可以适应那些有毒的食品，也许，人类也会像东京的人工河里的鲤鱼，或者和你刚才在厕所小便池里看到的锦鲤一样，会通过变质和异化，而改变体内的肌理，继续顽强地生存下去。所以，我们不会被毒死，但是我们会变成非人。

阎力说完，我们都对眼前的食物感到了担忧。看着眼前的一桌子菜，大家忽然就没有了食欲。停了一会儿，我妻子拉着我的手说，走吧，我们走吧，我什么都吃不下去了，我觉得恶心。我觉得特别恶心。

于是，我们就很快离开了餐厅。在回家的路上，我的眼前总是游动着在小便池里的那些漂亮的锦鲤的影子。

2. 焚琴煮鹤

我的妻子因为怀孕，她最近经常呕吐，不过，是正常的孕期呕吐。因此，我格外关心食物、环境和电磁辐射的安全。必须要对她施行保护措施，要把胎安好。因为，她是大龄产妇，38 岁了，这还是我们的头胎，因此，我们就格外注意。为此，我专门给她买了防辐射的背心，这种背心是由很细的金属丝与棉花织在一起的，据说，可以防止任何电磁辐射。但是，我又听说这类背心假的也很多，我就把我买的拿到了防辐射检测中心，专门做了一次测试，效果很好。比如，要是把我的手机放到背心里，电话都打不进去。

但是，对于我们吃的食物，怎么应对，我就没有什么办法了。我曾经听到一个人说："城里人气死农村人，农村人毒死城里人"，说的就是一种现实。我妹夫来自四川农村，在他老家里，他父母亲自己吃的猪，和往外面卖的猪，喂的饲料完全不一样——往外卖的猪吃的饲料里掺有瘦肉精、洗衣粉等，这样猪长得又快又出膘，瘦肉还比较多。我妹夫大学毕业后，在一所中学当数学老师。但是，他有时候喜欢站在农民的角度说话："你们城里人不是高人一等、喜欢排场、什么都吃吗？好，我给鳝鱼喂避孕药，让鳝鱼变得又肥又大，我用硫黄熏白木耳，让它更白更好看，我给牛打抗生素，让你们城里人吃了，连感冒都连着一起治了。其他的招数，还有很多，比如，往油条里掺洗衣粉，少用面粉，还能把油条炸得又肥又大，颜色还好看；往猪、驴、西瓜里注水，让水也能卖出肉价、水果价来；给羊注射阿托品，羊会觉得口渴，大量喝水，结果分量大增，而且，羊的肉质显得更鲜亮；在劣质米粉中掺入甲醛次硫酸钠，米粉就变成洁白晶亮的'上等'货了；在面粉里掺上滑石粉或大白粉，面粉就又雪白好看；用工业酒精直接兑上水当白酒卖、给陈大米抛光、涂工业油、给陈小米和玉米面染色、用墨汁把黑木耳染得更黑、给猕猴桃注射'膨大剂'、用牛血兑洗衣粉和味精做成鲜嫩的"鸭血"、用化学添加剂把劣等茶叶炒出顶级绿茶、给鸡大腿涂上丰乳膏，让鸡大腿肥大、鲜嫩，从阴沟里提炼食用地沟油，这些都是成本低、赚头大的好买卖；最后，往牛奶里掺三聚氰胺，往奶粉里掺东西，制造大头娃——既然你们城里人什么都吃，那就有你们好吃的。谁让城里人欺负农村人的？你看，城管欺负的，不都是小商小贩吗？警察欺负的，不都是民工和小姐吗？工商欺负的，不都是收破烂、卖劣酒和假药的吗？医院欺负的，不都是卖血的、得艾滋病的？后者都是农村人，他们到城市里来，不都受欺负，连孩子上学都很艰难吗？所以，这就是互相报复。”

我听得目瞪口呆。我的妹夫有时候显得很激烈，但我知道他说的都是实情。另外，我还知道，造假文物的用大粪、经血沤瓷器、铜器、玉石器，可以卖出文物价；劣质棉被床单最后成了呼吸道杀手，报废汽车鼓捣鼓捣就可以重新上路，成为“马路杀人机器”；据说，在秤杆子上做文章缺斤短两，有200多种花样。我感到，眼下，我被道德低劣的人包围了，他们每时每刻都在企图欺骗我，伤害我。那些人没有底线，都在追逐金钱，却忘记了自己是人。于是，想到这些，我汗如雨下，很担心我的妻子和她肚子里的孩子。为此，我必须要保护好我的妻子，保护好她肚子里的胎儿，不能让她乱吃东西。每一次，我从外面买菜回来，都要用醋仔细地清洗，对各种肉类，更是要产地明确、渠道清楚的我才买。我妻子在一家国有企业工作，平时非常忙碌，而我也很忙碌，自从她怀孕之后，我就承担了厨房里的事，经常做饭。可是，在厨房里，我的精神会高度紧张，不时地会割破手指，或者忘了给菜放盐。可少吃盐一定是好的，在北方，人们吃盐太多，容易得高血压和心脏病。在厨房，我额外的敏感，会为越来越多的食品不安全而突然情绪失控，哭泣起来，那个时候我会拿着菜刀在屋子里狂奔片刻，直到闻到了阳台上绿萝的清新气息，情绪才会慢慢稳定下来。而这个时候幸亏屋子里就只有我一个人。

我和妻子的食物越来越简单，因为我们都害怕乱吃东西。可是，在这个社会里，食物的安全与否是你防不胜防的事情。我忽然想起来，上周我去南方出差，当地的《东南城市报》副刊主笔张美女士请我吃饭的情景。洗了从化温泉之后，我们一行人来到了一个风景秀丽的地方吃饭。在那家餐厅里，我们吃的全是野味，比如，蜂蛹，穿山甲，果子狸，大蜥蜴，野鸡，蛇，野猪，娃娃鱼，中华鲟，等等。我在主人的盛情邀请下，都尝了尝，觉得味道还可以，但是心理上依旧经受了巨大的考验。其中，还有一道汤，是拿鳄鱼、鹤、人参、当归等一起煮出来的，颜色是淡褐色的，味道很怪异。我一开始不知道是什么汤，等喝到嘴里之后，才看见那大汤盆里，赫然有一只尖厉的鹤嘴伸了出来，搭在汤盆的边沿。

这是焚琴煮鹤啊，我有一种很惊讶的、尖锐的痛苦感。这样的汤，我是无论如何喝不下去了。看到我面有难色，张美说，吃吧，这没有什么的，我告诉你吧，我们把两广和西南地区的蛇都快吃完了。现在，我们又开始吃越南和泰国的蛇了。现在，海关每天都会查禁不少走私进来的野生动物，那都是要被送到这样的餐馆里来，让人们吃的。

我看着鹤嘴的椽尖厉地对准了我。我忽然感到恶心，抑制不住要呕吐的感觉，就跑到厕所里呕吐了半天。

从那天开始，我感觉我的身体开始有些怪异，就是脑子使唤躯体的时候，躯体经常不听话。我的肌肉出现了局部的僵硬，用手摁的时候，感觉像塑料一样硬。我跑到医院里去检查，医生也看不出我有什么毛病。大夫说，可能是你工作过于紧张，疲劳导致的肌肉紧张，休息休息，可能就会好的。

可我感觉我的肌肉在发生一些微妙的变化。我妻子和我做爱的时候，虽然我倍加小心，但是她却觉得我的身体十分僵硬："你的身体怎么越来越凉，越来越僵硬呢？你的那个东西也是，不再热乎乎的像个电棍了。"

我不知道是为什么。

3. 声音

上班的时候，我经常从大落地窗户望出去。对面就是电视台那幢形状怪异的大楼。四周都是中央商务区的玻璃幕墙大厦，每一幢都高耸云端。我在一家网站工作，这家网站是一家综合性门户网站。12 年前，我在一家纸介媒体工作，后来，报纸越来越不景气，2000 年，我就到一家获得了风险投资资金的网站工作了。可等到风险投资花完了，网站就倒闭了。我当初是辞职的，没有办法再回到体制内，几乎流落街头了。

其实，说到我流落街头，不过是一个夸张的比喻。我后来在民营图书出版公司、地铁广告报和商业地产直投杂志都干过，可是却越来越不开心。因为，上述媒体，没有一家不是为了赚钱而存在的。而为了赚钱，媒体就要去讨好他们认为存在着的那么一种消费者和目标读者，而这么一群人，实际上是品位低俗、目光短浅的人。书籍、报纸和杂志，都为了赚钱而存在，其负载的内容就越来越娱乐，越来越没有文化价值，我就越来越感到不舒服。我想，我的皮肤和肌肉变得紧张和僵硬，和那段时间里我的工作状态是有关系的。

而且，我还可以听到一种音频固定的噪声，一种让我感觉接近崩溃的嗡嗡声。那可能是一种广泛的噪声，是从结构越来越复杂的城市的内部发出来的。我仔细听了，那种声音，不是汽车喇叭、地铁的呼啸、自行车的铃声、人的走路声和树枝的摇曳声，不是楼厦之间的峡谷风、下雨声或者零星的鸟叫声，都不是，上述这些声音，都是有突然增高和变化的分贝曲线的。我听到的声音，类似宇宙中的背景音，是一种广谱的、无处不在的声音。我坐在我的小格子座位上，在网站工作没有多久，那声音就开始在我的耳朵边回响了。起初，我以为是附近发出来的，我就开始寻找声源。比如，某个巨大的变压器，再比如，附近工厂的某个巨大的冲压车床，或者纺织厂的那些几十米长的编织机器，在工作的时候，都会发出固定频率的声音。但是，这些东西在我们这幢大厦附近都不存在。

也许，是我内心的一种声音？我开始疑惑了，我觉得，这种白噪声一样的声音，如果不是发自外部，那么，就一定发自我的内部，我的心或者大脑。想到了这一点，我的脑袋就开始明显地疼痛了起来。

我们的网站占据了这幢40层大厦的5层。每一层都是由大开间组成，大开间又被隔离成很多一米多高的小格子，蚂蚁一样的员工就在每个人的隔断后面，露出了脑袋和工作电脑的上半部分，以便让主管透过他的落地窗，随时可以看见员工是不是在偷懒，在那里干着什么。有时候，下班后走过大厦旁边的环路，我在汽车里还可以看见灯火通明的大厦里，那些忙碌的人们在四下走动。这是一种蔚为大观的景象了——人们都像生活在橱窗里一样，别人的注视下，在玻璃大厦里上上下下，忙忙碌碌，既表演给自己看，也是表演给管理方看，更是表演给这座物化的城市看的。

4. 脑中话语

我们网站的总裁程诚先生是一个表面看上去文质彬彬的

人，也许，他还像他的名字显示的那样，是一个诚实的人。可能他对上级是诚实的，但是，他骂起员工来，则十分凌厉，什么脏话都可以出口，一旦你不认真工作，加班不努力，或者公司在美国纳斯达克的股票价格下跌，都是引起他雷霆震怒的契机，都是他可以大发淫威的时候。比如，就在今天，他脸色阴沉地出现在我们的楼层，忽然，就开始骂了起来。他从美国参议员联名要奥巴马逼迫中国人民币汇率升值开始，从人家的总统骂到了我们的管经济和金融的行长、部长，然后，就开始骂我们这些员工了。他还会揪住一个人的生理缺陷来骂我们，什么扁耳朵、尖脑袋、平原下巴和狐狸眼，什么酒糟鼻、水蛇腰、溜肩膀和兔唇嘴，他都骂到了，于是我的脑袋就更疼了。

这个时候，那些对话声，就又出现在我的脑袋里。说起来话长了，多年前，我在一家报社工作的时候，专门跑社会新闻。那个时候，我比现在有正义感，年轻气盛。在×省曾经发生了这么一件事：一个地级市的领导，为了迎接国家领导人的视察，专门搞了一个假喷渗灌项目。胆大妄为的书记市长说，这个喷渗灌项目是学习以色列而专门引进的技术，花了好几亿民脂民膏。可是，领导人看到的喷渗灌区，实际上完全是假的，是一个面子工程，没有里子——你要是往农田里走几十米，管子就没有了，没有管子，那水根本就喷不出来，也渗不下去。当地报社记者童大林就写了一篇报道，《×省×市搞假喷渗灌浪费巨额资金》，随后，很多国内媒体一路跟进，做了大量报道。我也是跟进者之一。那个时候，我 20 多岁，血气方刚，觉得这样的事情是不可忍受的，也去做了很多采访。可是，后来，事情的发展出人意料，不仅 × 省 × 市的领导们没有被追究，相反，一年后，记者童大林以“诈骗、受贿和介绍卖淫罪”的罪名，被 × 市的地方法院判了 12 年有期徒刑。

这样的结果，是我们所有人都没有想到的。我知道童大林是一个很倔强的人，从来都不通融，疾恶如仇，得罪了当地的官员和政法系统的人，他就这样被收拾了。童大林被宣判后，一些人为此奔走，甚至上书到最高法院和全国人大的领导人那里，最终，都没有回音。后来，各种小道消息传过来，说是 × 省的书记准备到北京当更大的官的，他上面还有人，是一条链条上的人。童大林这么一报道，不仅省委书记无法升迁，而且市委书记和市长也无法提拔了，省委书记的压力也很大，他被中央领导点名批评了。为此，市委书记和市长恼羞成怒，一定要收拾一下这个“败坏”了 × 省名声、破坏了他们官路的童大林，这个不知道天高地厚的记者。于是，他们巧妙地设立了圈套，将童大林圆满地送进了监狱，而且证据确凿，无法抵赖——童大林帮弟弟的朋友办事，弟弟收受了酬金，最终成为受贿事实。

如今，9 年过去了，童大林已经出狱了。我一直惦记他，我很想去×省×市看看他，可是太忙了，我一直没有成行。但是，我的脑子里可以听到一些说话的声音：

“你来吧，我很好，经过多次减刑，我待了9年就出来了。你来看我，我会很高兴的。”

“他要出狱了你知道吗？不能让这小子好受。你派两个人去收拾他一下，就在监狱的门口，让他们都看看，咬别人的人的下场。”

“童大林，你小子这么快就出来了啊，给我打！看他还老实不！”

“狱警！救救我！三个人拿棍子打我！”

“他妈的，你坐了9年牢，记性不好了，忘记了？可有人忘不了，因为，你坏了别人的财路和官路，给我打！”

“住手！再打我开枪了！住手！”

“行了，他们跑了，哎呀，打得不轻，送你去医院吧。你说说，刚刚出来就挨打了。这些人也太嚣张了。他们一定是有来头的。”

“大夫，这个人被打了，一定要好好治疗。”

“要赶紧拍片子，看看颅骨、胸骨、肋骨损坏没有。皮下出血倒没有什么大不了的。”

“老童，你好好养伤，我们会继续报道你的情况。我们是《南方新闻报》的人。你是权大于法的受害者。我们一定会支持你。”

“你们支持我，我很感激。可你们又能怎么样呢？那么多政协委员、人大代表为我呼吁，我照样坐牢。他们官官相护。”

“再怎么样，大家的心跟明镜一样，都知道是怎么回事。那些整你的人在历史上会发臭，可是你，你留取丹心照汗青。”

“你还年轻，记者同道，你把话说大了，什么留取丹心照汗青啊。现在，我只想安静地生活，我要好好休息。但是，对于我做的事情，我是无怨无悔。”

“是的，这就是你令人尊敬的地方。你是有骨头的。”

“要是能给我平反就好了，这样，我就可以重操旧业了。我还想当记者。新闻媒体是社会公器，你们看，现在×省很多地方因为乱挖煤，都成了沉陷区，煤老板赚了大钱走了，他们在北京、上海、青岛、大连、海南买房子，却把一个千疮百孔的土地留给了我们，大多数老百姓要承受环境恶劣导致的后果，我还要调查，还要写文章！”

“老童！别那么激动，你蹲了9年监狱了，怎么还没有记性啊？还想着捅娄子啊？再这么傻，我不跟你过了！你在监狱里9年时间，知道我这个老婆的日子是怎么过的吗？”

“老童，嫂子说得对，少管闲事吧。再说，现在情况变了，书记省长都换了，煤也不让私人老板挖了，都要收归国有了，这下就好多了。”

“对呀，老童，你的情绪不要那么激动，这样会伤身体，你的血压、心脏都不太好，再说，现在和过去不一样了，情况还是好多了。”

“好什么好，陷害我的那些人，一个个都还好好的，省委书记后来到北京去了，现在还是人大代表。市委书记和市长都退休了，可他们的儿子继续在当官和经商。好什么好！”

“风物长宜放眼量，向前看吧，老童，你看你，孙子都老大了，你应该享受生活了。”

“享受生活？我要好的环境、不受污染的空气和大地，我要好的心情，可是，你们看看，这是我画的地图，×省的地图，到处都是沉陷区和危险尾矿库，占了全省七分之一的面积！环境恶化到如此的地步，不赶紧治理，我们就完了！”

“老童！你再别管闲事了！你再管，我就和你离婚！”

“老童，你看，你老伴都生气了，你就先想点别的，好不好？咱们说点别的。”

“好吧，说点别的，就说点别的。可是，别的，又有什么好说的呢？”

又有什么好说的呢？我脑袋里听到的千里之外的说话声，就到此结束了。我想，有时间，我一定要去看看童大林。

5. 小人国

为了准备孩子的降生，我和妻子在路过社区幼儿园的时候，突发奇想，决定进去看看。生孩子、养孩子是一项巨大的工程，必须要早做准备，未雨绸缪。

社区幼儿园建筑一看就像一个游乐园，尖顶的屋子，带有北欧风格和童话色彩。在院子里，滑梯、防滑毯、玩沙池等等，设施很多。我们看到很多孩子在幼儿园老师的带领下，在院子里玩游戏。白天，这里是不能参观的，我们进去的时候，门卫看到我妻子是一个孕妇，同意了，笑着打开了门。

我看到，幼儿园建筑内部是三层楼的格局，中间是一个大天井，每一层按照不同的功能分区，第一层是教室、餐厅和游戏室，第二层是孩子们的宿舍，第三层也是教室、游戏室，还有一条通向一座瞭望高塔的天桥。

我们在第一层来回转，看了餐厅、菜谱、游戏室，我感觉所有的东西都是小的，有程序设计的。比如，孩子们的饭菜由星期一到星期五，每天不一样，每天都变花样，但到下一个星期，将继续重新来一遍。也就是说，整个星期一的菜谱都是一样的，你只要看一下今天是星期几，就知道今天会吃什么。不过，整个菜谱每个季节一轮换，春天、夏天、秋天和冬天的菜谱还是不一样的，会根据季节的轮替而变化。

我对妻子说：对孩子的教育，肯定是要严格模式的，不管是孩子们的课程设置、食宿安排，还是课外游戏的设定，都应该有一定的严密设计。

我和妻子看到孩子们所用的东西全部都比成人小几号，桌子、板凳、玩具和活动场所都是如此，感觉到我们来到了一个小人国。这是一个小人国啊，我妻子也这么说，一边幸福地抚摩着自己的肚子。

我们为要这个孩子花了很多心思，在要孩子之前，我们购买了排卵温度计、叶酸、强肾护精丸、早早孕试纸等，后来，妻子怀孕了，我又买了胎教音乐、防辐射背心、母婴感应器（据说母亲可以用那个玩意儿和孩子对话），等等。为了预习她要做妈妈的感觉，我们已经开始购置相关的书籍，预先去商场看各种孩子用的商品。平时，我们的谈话已经被尿布、母乳喂养、奶粉喂养、进口奶粉品牌、摇篮、手推车、玩具等主题所环绕。看着眼前这个小人国的世界，我们对孩子的降生充满了期待。

在一间很大的屋子里，有着一项微缩的景观游戏：一列电动火车，将穿越平原、沙漠、草原和城市，来到一座城市。在城市里，有高楼大厦，也有游乐场、立交桥、环行高速路，有商场、机场、出租汽车站、公交车，还有超市、垃圾站、弹子房、幼儿园、学校和医院，有体育场、地铁、广场和古代的宫殿群，有各种小人儿在这些场所出入。火车呼啸着，在这个微缩的世界里穿行。我把两个塑料做的小人——一个男人，他戴着一顶蓝色的帽子，一个女人，她穿着漂亮的裙子，象征着我和我妻子——放到了小火车的驾驶室里，我摁动电钮，火车就出发了，带着我和妻子的化身，还带着蒸汽机车的那种有力度、有节奏的声音开动了。火车穿越广袤的大地，穿越了平原、沙漠、草原，进入到城市之后，速度减缓，在一些站点还停靠了。

我们两个大人在一边饶有兴味地观看。我想，孩子们在这么一个不大的空间里，玩这种微缩景观的游戏，会让自己的视野和感觉放大。火车前行，男人和女人奔走，孩子们欢呼雀跃，老人们休憩，少男少女们恋爱。微缩的这个世界，就是人的世界。但是，这个微缩的世界却充满了一种假想的完美，这是成人的世界里没有的。在成人的世界里，酒吧、饭店、洗浴中心、性商店、火葬场、政府机关，这些东西，孩子们的世界里没有。孩子们的世界里都是有趣的、被童稚化的东西。

我们在小人国里心满意足地待了两个小时，参观了小人国里所有的设施和用具。后来，我们作为大人，还饶有兴味地和孩子们玩了老鹰捉小鸡的游戏。小人国带给我们一种返回了某种记忆的感觉。

在小人国里，我感到我的骨骼似乎恢复了一些弹性。但是，我的肌肉的钙化，或者莫名其妙地僵硬化的程度，继续在增加。

6. 简单方便女

不仅我的肌肉在变得僵硬，说起来，我的感情也变得很有角质层了。在和女人的关系上看，我属于一个橡皮男。也就是说，现在，你最好不要和我谈爱情、感情这些词汇。这会让我觉得很别扭。别别扭扭是我经常有的一种心态。因为，我过去前后曾经交了一打的女朋友，最后都没有成。和女人来往，我就经常显得很别扭。我给你说说我那没有成功的女朋友的情况吧。

第一个，是一个疯玩女。在我和她都很不成熟的时候碰上的。那个时候，她还想玩，还想疯，根本就没有想到要结婚成家，我对于她来说是一个搜集物，是她要搜集的男孩子中的一个。我是到后来才明白，我是她的搜集物。我才知道，还有女人上了男人也觉得自己占便宜了的人。于是，我走开了。不过，她也无所谓，因为，她就想疯玩。

第二个，是一个黏人女。她把我看成了她口袋里的一件东西。她有着彻底的拥有权，同时，她非常黏人，整天黏着我，我到哪里，她都要跟着，我每时每刻在做什么，她都要了解，并且一不遂心，就和我吵闹，歇斯底里的时候，她就乱砸家里的东西。我好不容易摆脱了。谢天谢地。

第三个，是一个独立女。她很好强，觉得女人和男人一样，地位一样、收入一样，其他任何地方都应该一样。她不花我的钱，我也不花她的钱，按说，这挺好的，可是，和她在一起，你会感觉没有很亲热的感觉，你觉得，她好像随时准备要离心离德一样。一个女人过于独立了，就会让你觉得，你和她没有牢固的关系，是两块无法合榫的木头。比如，和她做爱，今天我在上面干她了，那明天她一样要在上面干我。她还说，要是结婚了，那我们的屋子也要每人一个书房，卧室内是两张单人床，做完爱要马上到各自的床上去睡。我感到很不适应，后来，就分开了。她去了美国，现在已经是三个孩子的母亲，据说，后来她也改变了生活态度，成了一个居家母亲。我纳闷这个女人到了美国，怎么就成了居家太太了呢？

第四个，是一个文艺女。她是学音乐的，西洋音乐和民族乐器都懂，还会写诗、画国画，是一个典型的才女，非常多愁善感和情绪化，来情绪的时候又无法控制，沉浸在自己的世界里，使我像一个局外人。好的时候很好，但糟糕的时候就等于把我一同拽进了地狱。我是一个拘谨保守的人、一个媒体文字匠，不大懂得文艺，这个文艺女的世界对于我就显得过于缥缈和复杂了。她忽而悲戚、忽而欢欣，下大雨，别人都要在家里待着，她却要拉着我外出狂奔；下雪了，她就喜欢去雪地里走，踩脚印玩，还冷不丁把雪往我的脖子里塞。文艺女对各个门类的艺术都很在行，每天奔走在各种艺术表演和展览场所，生理周期也就是月经周期则十分紊乱，有时候会突然发情，把我放倒立即消灭我，有时候我怎么磨缠她，她都像一个贞女那样坚决不从。怪异啊，不过，我和她分开了，有时候会很想念她。

第五个，是一个物质女。物质女在今天比较常见，物质女就是对物质疯狂迷恋和占有的女人，她的眼睛里只有对物的占有。男人对于她来说，也是一种物，或者是占有更多的物的中介。因此，和这样的女孩子打交道，你的钱包和心理承受能力，都要受到考验。物质女很疯狂，她喜欢流连的地方，就是商场和品牌专卖店。物质女对性也持有一种很物质的态度，认为和男人上床不能白上，也是要有回报的，因为她长了一个男人迷恋的东西。物质女只有对物质的占有时才能够感到开心和高兴。自然，我和这类女孩子的热情一般维持不了三个月。

第六个，是一个娘家女。她人倒很好，很善良、诚实、可靠，但性格也很倔强。她在生活上很照顾我，对我很好，对家庭也有信赖感。但是，她有一个很大的家族，亲戚非常多，和她在一起，我才知道了什么叫作七大姑八大姨，才知道结婚不是你和一个女人结婚，而是要和一个家族结婚，这个家族的任何风吹草动，都要影响到她和我的心情与生活。她娘家的事情很多，哥哥做生意要借钱啦，妹妹要找工作啦，舅舅陷入法律纠纷要找律师帮忙啦，妈妈住院没有钱要我掏医药费啦，侄子在北京找了个工作，周末要到你家里来住啦，等等等等，经常有类似的事情让我招架不了。后来想想，算了，何必呢，我又不欠你们家的，那都是你们娘家的事情，还是你自己管去吧。

第七个，是一个驴友女。驴友是旅游的谐音，很巧妙，把驴在野外的吃苦耐劳和长途跋涉的气质体现了出来。驴友女就是喜欢徒步旅游的女人，她喜欢整天在路上，背着背包和山野做朋友。做这样的女人的男朋友，你首先要身体好，其次，要有很好的野外生存能力，要吃苦耐劳，你才有资格做她的男朋友。有那么一个驴友女友，对你锻炼身体自然很好，但是，对你的体质也是一个巨大的考验。我跟着她每个星期都要爬山，身体真的是得到锻炼了。可是，后来，她在网络上联系了一些驴友去内蒙古沙漠探险旅游，在旅途中，因为天气炎热、准备不足，大家迷路了，最后因为缺水导致了她的死亡。这个女朋友是我很喜欢的一个女孩子，天性活泼可爱，好动，但是，现在她已经死了。

第八个，是一个机关女。机关女就是在机关里工作的女人。机关女属于很中庸的、面目十分模糊不清晰的、很难描述的那种女人。机关女很规范，机关女很准点。机关女很正点，机关女很有保障。机关女很平稳，机关女很祥和，机关女很机关。机关女让我觉得没有感觉，后来，我们就不再约会了。

第九个，是一个花痴女。和这样的女人相处，一开始你会感到惊喜，接着是刺激，然后是害怕，最后是想逃避。按说男人会比较喜欢花痴女，男人可以把性和感情分开，因此，男人可以和妓女做爱，照样回家爱老婆。但是，花痴女属于性亢奋，要随时榨干你的精液，这简直是敲骨吸髓，很快会让你形销骨立，成为一个骨感男人。花痴女喜欢探索性爱游戏，比如，她喜欢锻炼阴道的肌肉，有时候会使劲夹你，让你的小弟弟无法逃脱。我曾听说在国内外一些色情表演场所，女人可以用她们的“小玫瑰”开啤酒瓶盖，我的这个花痴女朋友也有这个本事。因此，我经常做噩梦，梦见她长着阴齿——阴道里面长着牙齿——把我的小弟弟咔嚓一下子给咬掉了，半截子留在她的体内，半截子还在我身上往下面滴血。另外，她还喜欢玩“驴拳”，就是要我在和她肛交的时候，用拳头猛击她的脖子，这样她的肛门括约肌就会猛地收缩，然后产生妙不可言的快感。打驴拳会让她有窒息死亡的危险。可是，再危险花痴女也喜欢玩。我后来害怕了，加之我身体被她快掏空了，我就赶紧逃开了。

第十个，是一个学历女。学历女就是疯狂地追求学历的女人：大专毕业了要考本科，本科毕业了要读硕士。我是在她读硕士的时候认识的，结果，她还要读博士。我问，那你博士读完了，你还要读什么？博士后啊，她回答我。那你读了这些学历，干什么呢？不干什么，我就这么一直读下去。她生活能力很糟糕，近于白痴，什么都不会，不会打扮，不会买东西，经常受骗上当，不会和人交往，只知道考试考试，连导师打算潜规则她，她都听不明白，最终碰巧逃脱魔掌。她就是这么被学历异化了。对于她来说，追求学历本身就是最终的目的，因此，我走了，让她继续追求学历吧。

第十一个，是一个洁癖女。洁癖女对肮脏的东西十分恐惧，她干任何事情，都要先掂量洁净不洁净。吃苹果，要用酒精棉仔细地擦拭，在和我做爱之前，会认真地给我的龟头消毒，直到我再也硬不起来了才作罢。和这样的女孩子同居，对于我是一个巨大的挑战，因为，在她看来，我简直就是一个浑身都带菌带毒的人，我肮脏到了她感到十分害怕的地步。我和她接吻之前，必须仔细地刷牙，我们一起外出，对于我来说也是一个灾难，她会对宾馆房间里的所有东西都不信任，都要仔细地再三擦拭。在她的眼睛中，世界是不洁净的——这在某种程度上当然是对的，可是，世界本来就弄不干净啊，你再怎么样都不会使世界变得洁净的，她杀死的细菌会比她杀它们之前繁殖得更快。人不能用放大镜和显微镜来看待一切。

第十二个，是一个沉默女。我还从来没有见过话这么少的女人。和她在一起，我犹如和一团黑暗的物体在一起。她话太少，有时候，我感觉她仿佛不存在，可是有时候，我感觉她无处不在。她的存在对于我来说，又是身边的巨大压力和威胁。她是一团雾，她是一块石头，她是一个沉默的影子。女人话多和女人话少，都让我觉得没有办法容忍。那么，什么是既不多也不少呢？分寸很难掌握。最后，我只好离她远一些，因为和她在一起，我自己也会逐渐地变成一块沉默的石头。

最后，在39岁的时候，我交了第十三个女朋友。她是一个简单方便女，我和她成了，结婚了。

她就是我现在的妻子。简单方便女的意思就是，这样的女人，你和她生活起来比较简单、方便。简单方便女不是头脑简单，而是她看问题一律尽量简单化，生活起来也很简单化。和这样的女人相处，男人觉得不累，没有压力。简单方便女对男人没有压力，适合做老婆。我的老婆就是这样一个女人。你说，今天，我们吃面好不好？她说，好啊，就吃面吧。你说，我们今天去看电影好不好？她说，你想看的电影，我都给你下载了，为什么不在家里偎在沙发上一起看呢？简单方便女，就是简单、明快、清晰、不麻烦。简单方便女不歇斯底里、不情绪化、不平庸、不激烈、不悲愤、不喜欢复杂的事物，简单方便女的社会关系和亲戚关系也简单，简单方便女话不多也不少，刚刚好。简单方便女对待爱情和家庭很认真负责，简单方便女是女白领，工作认真积极，还能挣钱，帮助男人分担经济压力，简单方便女对待性生活自然而不过度，无论你是不是早泄了或者有些硬度不够，她都会安慰你说，这根本就不要紧不重要，于是，你就立刻又硬了。简单方便女也不追求学历，本科毕业就很好了。简单方便女不喜欢肮脏的东西，但是不会用酒精棉仔细地擦拭包括我的龟头在内的一切。简单方便女喜欢旅游，但是她喜欢和心爱的男人一起去。简单方便女对物质的欲望不强烈，但是似乎从来都不缺钱，因为她，觉得一切都要顺其自然。简单方便女，既简单，又方便，不麻烦，很省心。

有一个简单方便女做老婆，是我的福气。我必须承认这一点。

7. 影子蛛网

我很想去看看童大林。自从他出狱之后，他的说话声，总是在我的耳朵边回响。我不能不去看他，正如我在多年以前，在北京奔走，希望能够洗刷他的罪名，营救他出来那样。但是，当时，包括我在内的很多人，比如一些人大代表和政协委员，最终都没能营救他，他被设计的圈套套住了。地方势力太强大，那些县长、书记和商人之间，形成了一条复杂的利益和权力的链条，而且还和更高层的人有着千丝万缕、丝缕不绝的联系，有着你根本不能说、却可以感觉到的联系。如果你伤害了这样的利益链条，那么，你就会被报复性地打击。

比如童大林，很显然，他揭露假喷渗灌工程是个政绩工程、虚假工程，不仅使当地官员背负造假的巨大压力，还威胁到人家的升官路，大家都是一条绳子上的蚂蚱，一个牵一个，一个拽一个，倒一个就牵连一大片。童大林触动的，就是这么一个蜘蛛网一样的东西，有弹性的人际网络。所以，他就被关进监狱了。再说，他这个人实在是一个很倔的人，一个绝对不低头的人。坐了这么多年牢，童大林的骨头还是很硬。他的说话声，隔着上千公里，还会传到我的耳朵里：

“我不会善罢甘休的。他们欺负人，陷害我，我不会善罢甘休的。”

“我在和影子蜘蛛网作战，我一定要和他们斗到底。”

“你来看看我吧，朋友，谢谢你当年支持我，正是有你们这些人的支持，我才没有在监狱里倒下去。”

有一天，在梦境中，我踏上了去×省的快车。现在，高速铁路通车了，从北京到×省的省会只需要3个多小时，一千公里的距离被拉得这么短。梦中，我下了车，又转乘汽车，走了2个小时，就到达了童大林所在的×市。那是一座比省会城市要逊色很多的城市，就像县城没有办法和地级市相比一样。从北京到西南地区最偏僻的山村，你感到你是由一个富丽堂皇的宫殿，来到了原始社会，从后现代社会，来到了刀耕火种的时代。这就是我看到的景象。在梦中，一切都很清晰，只是我不会飞。童大林的声音在不断地传来：

“你下了车，你就会看到，在这座城市的郊区，又矗立起很多高大的烟囱。那是一些高污染的水泥厂、焦化厂、磷肥厂的烟囱，正在往外面排烟。”

我看见了，焦化厂排出来的烟是硫黄的颜色，还带着刺鼻的味道，扑面而来。

“你还能看见猩红色的河流。那是磷肥厂排出的工业废水，污染了整条自尧舜以来就存在的大凉河。大凉河现在成了一条猩红色的河流。那还是河流吗？”

我也看见了那条猩红色的河流。

“我所在的×市，刚好在一个盆地里，污染空气不容易被风吹散，市民就长期生活在呛人的有毒空气里。”

是的，我刚才就闻到了。可是，我注意到当地的居民，久闻其气，已经不觉得有什么了。他们安之若素了。我不知道这是不是很可怕？难道，人也将变成在小便池里安之若素的锦鲤？他们表面健康，实际上，肺已经成了黑灰色的铁肺？这里的人的皮肤，有一天会不会变成和那条猩红色的河流一样的颜色——猩红色？

梦境中，我终于见到童大林了。尽管我感觉有人似乎在跟踪我，监视我，但是我找到他了。他现在还在床上躺着呢，因为刚出狱，就有人守在监狱的门口，殴打了他一顿。不过，现在好多了，他似乎可以下地活动了。

听说我来了，童大林很高兴，他竟然站立在房门口等待我。然后，我们握手了，我很长时间都没有说话。他的妻子扶着他。

梦境中，我感到有些哽咽和难过。一个说真话的人，我眼前的这么一个人，家徒四壁，十分寒碜。我来了也不知道能给他带来什么。

“你来得正好，现在，我正在搜集新的污染源的情况。我调查了×省的土地、大气、山林，以及河流的污染，我生活的这座城市，在我坐牢期间，成了世界上污染最严重的十大城市之一。他们告诉我，这是为了发展经济。可是，要命，还是要钱？现在，已经是要好好回答这个问题的时候了。”

童大林五十多岁了，可是他的眼睛里还闪烁着理想的光芒。他是不会轻易认输的。

梦中，我说：“我很想和你一起进行调查。我就是这个目的。当地的朋友，将为我们准备好越野车，我们需要几天的时间。”

他兴奋起来了，“好，我们明天就出发。先给你看看我自己画的地图。”他抖抖索索地取出来一份地图让我看。这是他绘制的×省污染情况地图。我首先看见了标着沉陷区的地方，像一块块牛皮癣一样，布满了×省的很多地方。这些沉陷区，显然都是因为采挖煤炭所造成的，分布在不同的地方，像疮疤一样醒目。一些造成污染的化工厂，则以红色的圆点来表示，类似一个健康的男人得了梅毒，×省的全身都被这样的红点所覆盖，就像处于全身溃烂的梅毒三期的病人。还有一些黑色的圆圈，标明了受到污染的地下水所造成的一些癌症村的分布，像黑痣一样显眼。

“现在，我注意到，媒体能报道污染的真实情况了，因为领导人强调科学发展观，这是对的。”他说。

“是啊，高层意识到发展付出的代价太高了。很多媒体都开辟了这样的栏目。你画的这些地方，我都想去看看。”我说，“我们网站要做一个绿色网页。有的刊物还专门创办了绿色周刊。再不关注这个问题，我们都要被毒死了。”

梦中，此时他握住我的手，“是啊，我们都要被毒死了。我们明天就出发。”

我们还有明天吗？他的话让我陷入了深思。后来，他忽然从我的眼前消失了，我醒了过来，发现还躺在北京的床上。我妻子已经去上班了，家里只有我一个人。而网站给我的新任务，是要我去调查一家垃圾焚烧厂的环保问题。

8. 熵的世界

从“封山育林”的戒烟戒酒、锻炼身体，到检测排卵期、给老婆吃叶酸和维生素，到她怀孕之后选购防辐射背心，注意食品安全，以及进行胎教（音乐、美术和文学），我们对孩子的降生做了详细的准备。我们满怀期待，希望孩子能够顺利地、健康地降生。当然，等到孩子降生，要到秋天了。

在苏家屯镇，有一家垃圾焚烧厂，每天，那里的居民都可以闻到一股很刺鼻的垃圾焚烧的气味。我去看了看。垃圾处理已经成了城市人一个不可回避的问题。苏家屯的居民想让政府把那个垃圾焚烧场迁走，采取了上访、小区游行、堵路和静坐等行动，引起了政府的高度重视。但是，如果垃圾焚烧厂是有害的，把垃圾焚烧厂迁移到任何地方，都是有害的，即使不有害于人，也有害于某地的环境、水土、空气，会影响到当地的鸟类和兽类。所以迁移也不是说迁移就迁移的。

热力学第二定律告诉我们，物质与能量只能沿着一个方向转换，从可利用到不可利用，从有效到无效，从有秩序到无秩序。它描摹了一种景象，那就是，宇宙万物在不可挽回地朝着混乱与荒芜化而发展。这是因为，在地球上，人类如今的活动越来越多，人类的活动日益地影响到了环境，地球变暖，南极和北极、喜马拉雅山脉等的冰川都在缩减，人类借助现代化的交通工具，可以深入到很多过去人类无法抵达的地方，并开始影响那里的环境。人类还把大江大河拦截起来，建造电站，为了人类的生存而发电，可是，发电产生的功是无法逆转的，最终，改变了江河的自然流向，同时，也影响了一个地区的小气候。现在，人类的任何一个行为，都到了牵一发而动全身的时候。人类做任何一件事情，对自己有利的同时，也对自己有害。而往往有利是短期的，眼前的，有害则是长期的，未来的，是当下人们可以不去直接面对的。

在我看来，热力学第二定律，即熵的定律，按照一种说法，“最终控制着政治制度的兴盛与衰亡，国家的自由与奴役，商务与实业的命脉，贫困与富裕的起源，以及人类总的物质福利”。

就比如垃圾焚烧厂，每天都在施放有毒的气体，可是，如果垃圾不焚烧，也很难利用。从有用到无用，就是各类垃圾的总命运，这就是我们平时活动的结果。我到达苏家屯，一些人正在小区门口静坐。在那里，一个抗议活动的组织者，给我张地图，在地图上，是环绕城市郊区的垃圾填埋场的分布图。我可以清楚地看到，那些巨大的垃圾填埋场，密密麻麻地分布在郊区，像一个个正在吞噬健康人体的癌细胞的病变部位那样，围拢了、渗透了我们居住的城市这个巨大的肌体。我感到了恐惧。

“你们知道城市的地下水汞超标、铅超标的问题吗？”一个人问我。

我说，我不知道。

“那你要调查的可就多了。”

我还想到了我在广东东莞看到的电子垃圾处理的盛况。整个镇上的人，都是从事电子垃圾处理和回收的，他们面对着山一样高的电视机、手机、收音机、电冰箱、洗衣机、电脑等各类电子产品和电器，进行拆解，并把其中有用的金属，再重新回收。焚烧是非常重要的把橡胶、塑料和金属分开的一种手段，于是，一下车，我的鼻子里闻到的，就是那种橡胶、塑料被焚烧后的强烈气味。

最让我触目惊心的一个景象，是我有一年在后沙峪镇边上的一个练车场学习驾驶汽车的时候见到的。那里有很多驾校。摸完车，我在附近的农田顺便走走，刚好走到了一片空地上。我发现，在这片闲置的、被卖给地产商人的土地上，被风一吹，就会飘动一些长条状的白色物体。我仔细地一看，竟然发现它们全部都是使用过的一次性的卫生巾。我明白了，这块土地曾经施肥了，而肥料就是来自公共厕所的人粪肥，里面裹挟着大量一次性的女用卫生巾。当人粪肥被土地吸收之后，残存在地面上、不可能被吸收、也很难降解的，就是那些卫生巾了。眼前浩浩荡荡的卫生巾，覆盖了整个农田，使我看到了末日的某种景象。

从那个时候起，我很少再用一次性的东西，比如一次性的筷子、一次性的写字笔、一次性的牙刷、一次性的拖鞋等。我觉得这些一次性的东西，日益地对我、对我们的未来环境造成了伤害。而那种伤害是不知不觉的，就像温水煮蛤蟆一样把我们最终伤害。

9. 家庭生活

什么是家庭生活？家庭生活，就是一个男人和女人，组建了一个家庭，就是这两个人的衣食住行。然后，这两个人有父母和其他亲戚，就形成了一个社会关系网络。有的家庭复杂一些，有的则关系简单。有的夫妇喜欢和亲戚们在一起，有的夫妇不喜欢和除了父母亲之外的更多的亲戚来往。家庭生活总是琐碎的，如果有了孩子，那事情就比较多一些。家庭生活中，处理好双方父母、亲戚的关系，是很重要的。现代家庭在逐步缩小，比如421家庭的出现。4，就是双方父母一共4个；2，就是夫妻双方是独生子女结婚的；1，就是这对儿独生子女又生了一个孩子。

我和妻子的关系简单，我们各自的父母喜欢独立生活，不喜欢和儿女在一起掺和。我有一个妹妹在广州工作，她有一个弟弟在英国，我们的社会关系不复杂。结婚之后，我们过上了幸福的平稳生活。和简单方便女在一起，很多事情就很简单方便。我们在衣食住行方面，都没有什么好说，各类家庭矛盾都不存在，因此，一切都很好。

我的爱好是收集一些壶，各个年代的壶，军用水壶、紫砂壶、钢瓷壶，收集了二百来个，这些东西摆满了我家的博古架。我还喜欢搜集邮票，喜欢收集蝴蝶标本，周末的时候，我们就到山上去，一起追捕蝴蝶追捕昆虫。此外，我就没有别的喜好了，就是打扫卫生，收拾房间。因为，我的时间多一些，她的工作比我忙，周六日，主要是她给我们做饭。

她则喜欢运动，打羽毛球、网球，练习瑜伽，把自己的腰肢练习得非常柔软。我的体力不如她，因此，有些运动，我是没有兴趣的。我们每个星期做两到三次爱，一般根据情绪、身体和感觉的情况。她怀孕之后，我就比较注意这一点，以免导致流产。我们的生活按部就班，一切都很正常。

我们平时住在离上班近的一套公寓里，周末的时候，开车到郊区的一套低密度的住宅里休息，在郊区的房子里，有一个花园，花园里有我们种的花草和石榴树、山楂树、枣树，等等。我们想养一只狗或者一只猫，可她觉得等孩子降生了之后，长到上小学左右再养小动物比较好。因为，孩子接触动物，会培养孩子的情商，但是孩子太小，就接触动物并不很好。

在我们城内的公寓里，房子的装修和设计是比较现代和简洁的，而郊区的大房子，则装修得比较复杂，家具也有不少是我们从旧货市场上买回来的东西，书比较多，这是一套复式的房子，二楼是一个很好的书房，是我很喜欢待的地方。

除了居家和外出采集蝴蝶昆虫标本，我们其他的生活，诸如逛商场，去游乐场，坐海盗船，过山车，玩蹦极这类事情，都是我们所不喜欢的。她是比较少见的，并不很喜欢逛商场的女人，她总是目的明确，喜欢什么东西、缺什么，就直奔目标去购买。我的胆子比较小，并不很喜欢玩比如过山车之类危险的游戏，她看我这样，就比较顺从我。顺从我很好，这样我们就不会有争执。和简单方便女在一起，生活就简单方便。

没有孩子的夫妇是不健全的，我们想。因此，我们盼望有一个孩子，而家庭生活的巨大变化，将来自孩子，我们正在耐心地等待孩子的降生。眼看着妻子的肚子一点点地大起来，我们精心地做了准备。如果孩子降生了，那么，家庭生活就会有些波澜，有些变化起伏，有些热闹起来了。

10. 彩色的美丽世界

我又进入到梦境中。在梦中，我和童大林出发了。我们驱车前往那些环境被损害的地区。但是，出乎我们意料的是，我们来到了一个彩色的美丽世界。在这个世界里，一切原先的东西都改变了颜色，变得比过去漂亮了。

比如，在这座世界十大污染城市的街头，还有不少柿子树，柿子树上挂着的柿子，很多不是黄红色，而是黑紫色。黑紫色的柿子，你们谁见过？我在×省×市的街头就见到了。那些柿子没有人去摘，在灰绿色的叶子的衬托下，显得十分醒目。

“蔬菜呢？绿色的蔬菜都变成什么颜色了？”我问童大林。

“绿色的比如青菜，变成了黄色，红色的比如西红柿，变成了白色，蓝色的变成紫色，黑色的变成灰色，青色的变成橘黄色。什么都变颜色了，也不知道是为什么。”

“绿色的河流变成红色的河流了？”我问。

“对，变成了猩红色的河流，变成了棕黑色的河流。”

“蓝色的天空呢？”

“变成了灰黑色和橘黄色天空。”

“那看上去也不错。”我说。

此外，那些化工厂的巨大的烟囱往外面排放的烟，也是有着各种美丽的颜色。童大林对我说：“那些烟囱，可不可以算作是美丽的火炬呢？可不可以算作人类向天空举起来的森林般的手呢？我很浪漫地想过。烟囱在过去是工业化和城市的象征，如今，却如同人之将死而向天空伸出的枯干的手臂。”

我说，“你的比喻很奇妙，枯干的手臂。×省真的很奇妙，什么都变颜色了。那黑色的煤炭呢？”

“黑色的煤炭，变成红色的了。是人的血染红的，过去，每年，×省的煤矿里要死几千人，把黑色的煤都染红了。”

“那人的肺呢？人的心呢？”

“原先是粉嫩的红色，被染黑了。黑肺和黑心，据说，一些因为肺心病死掉的人的肺和心脏，都变黑了。”

“一个颠倒了自然界给我们赋予的颜色的世界啊。”我感叹。

他说：“是啊。你看，烟囱在冒白色的烟，在冒黑色的烟，在冒灰色的烟，在冒棕色的烟，在冒橘黄色的烟。要是浪漫主义诗人来了，肯定会赞美这样的烟囱的。可是，这是带来慢性病和死亡的烟囱啊，他们知道不知道？”

他说：“你看到的那些排放黄色烟尘的工厂。那是焦化厂在往外面排放烟尘。”

他说：“橘黄色的烟，看上去又狰狞又美丽。要是现在一些摄影家来拍照片，不知道会把它们拍得多么美丽呢。你说，这些摄影艺术家，算不算破坏环境的人的帮凶呢？我有时候会有这个疑问。”

“当然是，现在的艺术，绘画、摄影和文学，还有音乐，在环境恶化的情况下，很多人的作品都是不道德的，不符合新的环境道德。”

我们来到了那条猩红色的河流边上，察看里面有没有鱼的存在。刺鼻的气味熏得我们没有办法站立。可猩红色的河流十分美丽的，也很吓人。还有绿色的河流和粉红色的土地，以及棕黑色的河流，布满了我们的周围。

“你说，在这样的河里面，还有没有可能有鱼呢?”童大林问我。

“除非我们自己变成鱼。”我说。

“那我们就变成鱼吧。”他兴奋地说。

我感觉，忽然之间，我和童大林变成了两条鱼，跳到了那猩红色的河流里开始游动了。我们在河流里游泳，感到河水的气味像硫黄，又像绘画用的黏稠的颜料，把我们浑身裹紧了。我们呼吸急促，感到了窒息。在这猩红色的水中，在这棕黑色的水中，没有什么视觉经验可以描述了，我们的眼前实际上是一片黑暗，什么都看不见。

我们又上岸了。

童大林说：“在这里做一条鱼，只有一条路：死亡。”

“我们去别的地方看看。”

我们继续驱车前进，但是，我感觉有人在跟踪我们。在我们的车子后面，有一辆白色的丰田越野车跟着我们在走。我们快，它也快，我们慢，它也慢。

“要小心一些，这里不是北京，这里的一切事都很难说。”童大林警告我。

11. “极多主义”展览

我的妻子是一个简单方便女，令我省心而快乐。有的女人是天生要给男人增加负担和麻烦的，可是，简单方便女就不会。怀孕之后，我妻子对自己的照顾和对我的照顾从来都不顾此失彼。现在，除了担心腹内的胎儿的安全问题，我们不关心别的。因为，我只要看新闻，就会看到什么癌症村、铊中毒、血铅超标之类的字眼。而她关心的就是胎教了。为此，我要每天晚上在睡觉之前给她念童话，可我念童话不是给她听的，而是给她肚子里的孩子听的。我们还要一起听音乐，主要听西方的古典音乐，后现代音乐之前的那些音乐，有秩序的、有结构的、旋律优美、结构对称的音乐，这样孩子生下来之后，耳聪目明，不会变成像后现代派音乐家约翰·凯奇那样的捣蛋鬼。

我们还一起去听音乐会，看话剧，看画展。我妻子认为看画展，会让她肚子里的孩子天生对颜色敏感，情商会比较高。比如，最近，有一个叫作“极多主义”的绘画展，我们就去看了。

画展是在中华世纪坛画廊举办的，来了很多时尚达人。“极多主义”展览上的画家作品所呈现的世界，正是我最关心的景象，那就是，现在，什么都多，什么都是供应充足的，只要人的欲望需要的，都非常多。在我们国家，到了一个什么都在增熵的时代。我们的工厂每天都在生产大量的产品，外销不了就会内销，因此，我们进入到一个物质财富空前多样和丰富的时期。每天，包围我们的都是推销各类产品的广告。东西太多了，而不是太少了。只要你有钱，你就什么东西都可以买到。

那么，参加“极多主义”画展的几个画家，都画了什么呢？

我跟着我妻子的脚步和兴趣走。她喜欢什么，我就喜欢什么。她走到一个画家的作品跟前了，她看到，这个画家的画布就像是各类做衣服用的花布，只是图案更加的复杂，隐形的十字架和圆圈连接起来，传达出宇宙的信息，那就是，什么都是多的，复杂的，一个事物和另外一个事物之间，是有联系的。这些花布一样的画布，如同某种电脑做出来的效果，以褐色、棕色、绿色、紫红色等颜色作为基调，让你感觉很崩溃。

她还喜欢另外一个艺术家的作品，这个画家的作品叫作《我的东西》，他把自己所有的东西都压到玻璃板上，然后从下面拍摄了照片。他的东西多到了你一定会感叹“真多！极其多！”的地步，比如护照、人民币、卷筒纸、橘子、胶条、鼠标、棉球、钥匙、避孕套、硬币、易拉罐、遥控器、湿纸巾、维生素、手套、冷冻食品、烟、起子、名片、电池、手机、苹果核、存折、照片、牙膏盒，等等，以紧密的方式聚集在、挤压在玻璃板上，被拍摄成照片，形成了一个现代人蔚为大观的生活物品和内容。这组图片一共8幅，有长条形物品集合在一起拍摄出来的，也有圆形加方形物品集合在一起拍摄的，十分壮观。

“这个人的东西真多。和你差不多。”我的简单方便女妻子如此简单评价。

其他的画家，还有在纸上写满了字的，这些字我们一个也不认识。还有的画家的作品先表达了多，然后才表达了少的意思。这是一件视像作品，首先，出现在镜头里的是一堆米，这堆米呈圆形，数量不少。接着，两只黄色母鸡出现了，它们开始欢快地低头啄食那些大米粒，整个作品展现的，就是两只母鸡把大米逐渐吃光的过程。

“你看，这不是极多，而是极少了，现在，没有大米了，母鸡吃完了。”我的妻子笑着评价，她感到开心了。

还有一个艺术家，他把很多人的脸部照片放到一起，一排排的，让你看。另外一个画家在画布上不断地用毛笔涂抹，那些黑色的条块渐渐地弥漫了整个画布。这也是“极多”，我看明白了。

“多比少更可怕！”我感叹，“现在的东西太多了，可是，味道都变了。”

“是的，你看现在的苹果那么多，可还有苹果味吗？没有了。”她说。

“什么都多，有时候，不是好事情。”

“还是少些好。”

以上是我的简单方便女妻子的感叹。

12. 飞机与汽车墓地

我写了一篇关于垃圾焚烧厂的长篇报道，在这篇文章里，我采用了两条线索，一条是梦境中和童大林在×省调查污染源的经历，另外一条线索，则是我实地调查城市的垃圾焚烧厂和垃圾填埋场的情况，写得虚实结合，文采飞扬。

我兴冲冲地拿给网站的总裁看。10分钟之后，他把我叫过去冲我大吼："这是什么狗屁文章！我要你如实报道，你却在里面虚写一个什么梦境！在梦境里，你竟然和一个劳改释放犯一起，去调查所谓的污染源！你的才气到哪里去了？这就是你所谓的想象力？你在给我写小说呢，你是记者不是作家，笨蛋！把梦中的那条线索全给我删掉，这样长的文章，这样的报道，我们的网站不需要！"他大喊大叫起来。

总裁的脾气非常大，他发起火来是要天崩地裂的。好在我的心态好，大不了，此处不留爷，自有留爷处，我本来就喜欢当一个自由职业者，我怕什么？我耐心地，笑眯眯地看着眼前的这头叫驴继续在叫。他所在的办公室是本大厦最大的一间，透过全景式落地窗，可以感受到周围的中央商务区那种钢材、水泥、金钱、玻璃和欲望结合的气息。

我知道，其实总裁的压力也很大，他需要赢利，但是现在风险投资快用完了，网站每天都需要依赖更多的流量，比如微博、游戏、动漫、UC 等东西来支撑。我还记得，2000 年北京就经历了一场网络的生死大潮，当时，很多网站就死掉了。网络是和资本密切结合的新媒体，离开传统的纸媒，我来到了网站，我才发现这里更不是人待的地方。这里的一切规则都是资本在背后作祟。任何一个频道，任何一种网络的评奖，都和资本有关。比如说，有网络，有文学，但是，从来就没有什么“网络文学”，全是垃圾，甚至是垃圾中的垃圾。网站经常搞大赛，可那些获奖作品的作者、得奖的人，都是网站的客户或者和资本有关的人。没有公平可言，没有艺术可言，只有权力、金钱的规则在决定一切。

骂完我了，看我无动于衷，总裁忽然消气了，他笑了：“我蹂躏完你了，你的脾气不错。你把文章中的虚写的那条线索去掉，就很好了。然后，我再给你交代一项任务，你看看这张报纸。”他递给我一张报纸。

我看到，报纸上有一个通栏文章，文章的标题是“飞机墓地惊现美国沙漠”，有一幅巨幅照片，是俯瞰着拍摄的。画面上，有大大小小上 4000 多架退役飞机，全部都是 1945 年第二次世界大战之后不再使用的美国飞机，按照型号和大小，整齐排列在一片荒地上。据说，这片飞机墓地位于美国亚利桑那州的沙漠里。

我仔细辨认这些机型，我对军事机械的知识很丰富，这些机型，我辨认出有B—52轰炸机、F—14战斗机、A—10攻击机和B—1轰炸机，此外，还有大量小型飞机的型号无法辨认。这片飞机墓地，占地面积有10多平方公里，也就是说，有1500个足球场连起来那么大。

“飞机墓地，飞机也会死啊，我以为飞机不会死呢，我想，干吗不拆卸掉废物回收呢？”我说。

“笨蛋，我不是让你发出这样的感慨的，我想——”总裁的话没有说完，我打断了他：“让我去实地采访这个飞机墓地，对不对？”

总裁的笑容凝固了，“真是笨蛋。是要你去采访，但是，不是去美国，而是去河北北部的一个地方，那里有一个‘汽车墓地’。我再给你看一张照片。”

他又递给我一张照片，果然，这是一张蔚为壮观的汽车墓地的照片，大量报废的汽车，如同连绵的山峦一样，一堆堆地拥挤在一起，像古代的巨大甲壳类动物的大面积死亡。

“刚才你问得很好，干吗不拆解掉它们呢？带着这样的疑问，你去这个汽车墓地看看，写一篇有分量的报道。”总裁摸着他那光滑的下巴，对我下令。

我回到了我的座位上。我要尽快出发，去离北京不远的这个汽车墓地去。为什么他们不把这些汽车全部都拆解掉呢？为什么要搞这么大一个汽车墓地呢?

我忽然看到，在我眼前的晚报上，报道说最近在北京出现了一个住在纸盒子里的男人。他是一个公司白领，因为公司裁员，失去了工作，本来每个月的收入还够用来支付房屋的银行贷款，但是，失去工作之后，他就无法再继续支付贷款了。银行最后拍卖了他的房产，他无家可归了，于是，他就决定住在纸盒子里了。照片上，可以看到，他所居住的纸盒子有半人长、半人高，可以移动，里面是简单的铺盖。也许，这是一个噱头，是为了引起人们注意的举动，目的在于引起人们对房奴的关注。

“我也想住在纸盒子里!”我大声说，引来了周围同事的诧异关注。他们不明白我为什么像发神经一样这么说。

我去了那个汽车墓地，果然蔚为大观，我是带着问题去的，那就是，“为什么你们不把这些汽车拆解开呢?”

答案是：“这里就是拆解场，因为报废的汽车太多了，拆解的速度赶不上报废的速度，被拉到这里来的汽车，数量要大于被拆解开来的汽车，所以汽车越来越多。”

我参观了他们的拆解流水线。我曾经参观过一家机械化的屠宰场，在那里，我看见了一头头活猪、活牛，是如何进入到流水线，被清洗，被电击，被放血，被扒皮，被摘取内脏，被卸骨，被分段切割，被一个个部位地零碎包装成排酸肉，然后进入冷藏环节，最后，通过快速运输通道，被运到各个商场、超市去，供人们挑选和购买。同样，这家汽车拆解厂规模大，机械化水平高，一辆汽车上了流水线，就跟当年它们上了生产线那样，怎么被装配起来的，就怎么被拆解开来。如同一个人怎么穿上了衣服，就怎么脱下来，不仅脱光了，而且被拆解成一大堆零件了。在屠宰场，我看到过这边一头活牛进去，那边就出来一盒盒、一包包的牛各个部位的鲜肉，在这里，我同样看到了一辆整个的汽车进去，出来的，则是一大堆各式各样的零件、电线、铆钉和螺丝帽。

理解了汽车的生死，我也就明白了这个疯狂的世界的生死。

13. 煤井

我继续在梦境中和童大林相会。我们一起坐着我开着的一辆白色的越野车上，在×省的大路上奔跑。说实话，我看不出那些沉陷区的沉陷，但是童大林比较专业，他会告诉我哪个地方沉陷了，如何沉陷的，以及是如何影响到了附近居民的生活。

“你看，那幢楼房的墙体开裂了。就是因为这里沉陷了。”他指给我看。

我看到了一道闪电一样的裂纹，像树根的形状，分布在一幢楼的墙体上。“那这栋楼就是危楼。”

“就在去年，这里的一个尾矿库突然崩溃了，结果，里面涌出来的泥浆，把附近正在赶集的几百人，都给淹没在里面了。”

“啊，那人就成了泥浆里面的琥珀了。多少年之后，你说，这几百人会不会变成石油？我们现在用的石油，就是当年的海生物遗体变成的啊。”

“不会，地面上，泥浆里的尸体，已经被清理出来了。”他说。

沉陷区比较大，从地面上你是看不出来的，这需要专门的人来看才可以。沉陷区是一块块地沉下去的，面积广大。这都是因为挖煤造成的。×省因为对资本开放了煤炭开采权，因此，有很多老板来投资煤矿，也造就了一个依靠煤矿开采而暴富起来的“煤老板”阶层。

“都是煤老板干的啊。”我指着一片沉陷区说。

“其实，这个煤老板阶层被一些媒体给妖魔化了，说他们为富不仁、纸醉金迷。我认识的大部分煤老板，都是头脑精明的企业家，有一部分人的生活还非常简朴，并不像外界传说的那样，什么一下买 20 辆悍马车、一下买一个亿的金银首饰，等等。关键是一些煤老板大都抱着捞一把就走的想法，在安全生产方面的投入就严重不足，因此，才会死那么多人，才会有带血的煤炭出来。”

“在×省当官也很难啊，利益和矛盾很难协调。都换了几个省长了，你的意思是，现在的煤矿开采政策，收归国有是对的?”

“当然是对的，国有煤矿最起码在安全投入上就会有长效机制。”他说。

“我想到煤矿里去看看，我想下井，你有没有办法?”

童大林说，“有，我有个亲戚在一家矿上当经理，我给他打电话。”

他打电话联系，我听了几句，他再三保证我不是记者来采访的，就想到井下看看的，是一个当年帮助过他的北京的朋友。

我们向一处煤矿进发。我们到了，他的亲戚带我们下井。我们是坐小火车下的井。这是一口深达几百米的井，小火车咣里咣当地斜刺里往地底下冲，速度很快。在不同的作业面，都可以看到有煤矿工人在劳作。有浪漫主义诗人说地底下像地狱，其实地底下很平常，无非是蕴藏了很多危险，比如瓦斯爆炸、塌方、冒顶，等等。在地底下的黑暗中，到处都是煤，这些远古留存给当世的人们的馈赠，如今成了人类赖以生存的资源。我想起来很多关于煤矿的故事，比如，有人竟然在井下杀骗进来的人，来勒索矿主的金钱，这个社会里处于每个阶层的人，都有着自己的活法。如同食物链一样，你最好处于上端，就没有人可以奈何你了。要是你处于食物链的下端，你连基本的生存都困难，生命也谈不上会有保障，也没有多大的价值。关键是社会要给那些下层的、下端的人一个流动到社会上层的通道和渠道，教育尤其是大学教育很关键，可是，教育的腐败和沦陷甚至比×省的煤矿沉陷区还要严重。

我闻着煤炭那黝黑的气味，觉得有一种亲切感。我们还在一些作业面停留了，那里，戴着安全帽但上身赤裸的煤矿工人正在用钻煤机在突突地工作着，煤块会被运到传送带上，然后传送带上的煤会通过小火车或者更大的传送带运送到地面。这些场景被我想象了很多次，但是亲眼看到，还是觉得很震动。

我们继续在沉陷区溜达，但是，我老是感觉到有人在跟踪我们。通过后视镜，我总是感觉有车子在跟踪我们，但是跟踪我们的车子很狡猾，是在不断换车型的。我告诉童大林有人跟踪我们，他观察了半天，说："可能是你的错觉，没有人跟着我们。"

可我还是觉得有人在跟踪我们。在×省，你要是陷入一些当地的利益纠葛之中，你就会倒霉。我当然不怕，可是，我是一个要做父亲的人，我要是在这里被害了，谁会管我的孩子呢？我紧张地观察，觉得有人在接力一样地跟着我的车。再说了，我的车子上还拉着童大林，这个当年被当地的官员和政法系统的一些人当作眼中钉、肉中刺的人，虽然他们把他搞进监狱待了几年，可是他现在又出来了，因此，他的一举一动，都是威胁，何况童大林很硬气，一直扬言不会善罢甘休。

于是，我不断地转弯，试图甩掉那些可能的追踪者。可是，就在一个急转弯处，迎面来了一辆大货车，我的后面还跟着一辆黑色的轿车，我转弯转急了，结果我的车子一下子滚落到了路基的下面，一时间，天旋地转，我失去了知觉。

我惊醒了，我发现幸亏我是在梦中翻车，我现在还躺在家里的床上，我是安全的。我出了一口长气。

在我的耳畔，我忽然听到童大林在遥远的×省对我说："你不要来看我了，你来看我，我可能也不是过去的那个我了。因为，我现在只想过安稳的日子。"

"我不怕他们，可是，我忽然明白了，那些一个个的坏人，我和他们单打独斗，这个事情是永远都没个完的。关键是从制度上，能不能想一些法子。"

"我很好，我现在开始养花、种草，打太极拳了，我还练习书法。"

"我还准备到山东威海买房子。我想离开污染严重的×省×市，既然煤老板能赚了钱走人，在北京、上海、广州、海口、青岛买房子，那么，我也要走，我要到山东威海买房子，那里有我需要的新鲜空气，我还能看见大海。"

“谢谢你当年为我的事情奔走，现在，我自由了，我也想休息了。每天看看大海，是我后半生的理想。再见了，朋友，听说，你要当爸爸了，提前祝贺你。”

然后，他不再在我的耳朵边说话了。我也听不到了。

14. 盒子里的男人

我决定跟踪那个在盒子里生活的男人。我对他感到好奇，因为，从某种程度上说，我也是想住在盒子里的男人。我很快就找到了他。白天，他在中央商务区的一家公司上班，晚上，他就住到盒子里。盒子可以移动，可以折叠。他是一个比较消瘦的男人，戴着一副深度近视眼镜。

我一开始和他保持一段距离来观察他，但是他很警觉，被他发现了，他反而向我走了过来。他盯着我说：“你为什么要跟踪我、监视我？”

我有些紧张，“没，没有啊，我就是好奇，我——”

“滚开，你们都不是好东西，滚开。”他推搡我，他感到恼怒。我猜测他自从住在盒子里之后，可能遭遇了不少不愉快的经历。

然后我们扭打起来，可是，他打到我身上，我一点都不疼，而我还击的时候，他就像被钢铁工具击打了一样。

他感到了惊恐，我也有些疑惑。他说：“你的拳头怎么那么硬？你的身体也是，你是一个怪人！”

我笑了，“你才是一个怪人呢。”

“可是你不疼。”

“我的确不疼，因为，我的肌肉发生变化了，塑料化了。”我承认。

现在，轮到他好奇了，他上前来，研究我的肌肉和躯体，摸、用手指头弹、戳，捶打，我都没有痛感。“你他妈的异化了，你的确是一个塑料人。”他兴奋地尖叫。

我感到很沮丧，我的妻子没有发现的事实，被他发现了。我捏自己的肌肉，感到自己的确是一个塑料人，我是塑料人！我疯狂了，我难道还不如一个住在盒子里的人吗？

我说：“我对你的生活感到好奇。你住在盒子里，是想表达什么不满吗？”

“我当然有不满，可是，我被银行拍卖了房产，没有地方住了，我只能住在盒子里了。”

我感觉他很有意思，就和他一起待了几天。在公司里，他的工作比较自由，只要他完成一个定额就可以了，薪金够他有饭吃，“但是，这点钱肯定没有办法让我买得起房子，因此，我只能住在盒子里。再说了，我为什么要买房子？房子那么贵，房子是政府和开发商合谋起来，榨取市民生命和血汗的东西，我就不买，不上他们的当。”

“那住在盒子里，你感觉如何？会不会没有安全感？”

“安全感？住在有防盗门的公寓里，我看才没有安全感，住在那样的房子里，来人了我都要用门上的猫眼来看看外面的人到底是谁。即使是收水电费的、送纯净水的、送报纸和快递以及快餐的，我都觉得我可能会遭到侵犯。所以，你说的安全感，在没有墙、只有一个隔板的盒子里，我觉得反而增加了。而且，我晚上睡在盒子里，从来没有遭到流氓地痞和抢劫犯的骚扰，他们觉得我比他们还可怜，干吗来骚扰我呢？”

“你是不是感觉和过去不一样了？”

“是啊，的确是这样，我感觉我的世界观发生了变化，你看，现在，我可以自由地移动在城市里，我不需要交物业管理费，水电费和垃圾处理费，我只要这么一个盒子就可以了。在白天的时候，盒了还可以折叠，连空间都不占。我体验到了一种全新的感觉，我不需要交买房子的各种费用，我成了一个城市游牧民，我自由了。我觉得，我虽然被银行从我的房子里赶了出来，但是，我现在才呼吸到了一种自由的、新鲜的空气。我一个人，多么的随意而自在，多么自由而舒展。有时候，我感觉我是一棵植物，比如一棵会移动的树，有时候，我会觉得我是一片云，在自由地漂浮。或者，我就是一个背着房子走的蜗牛，或者是一个赶着羊群的牧羊人。你体会过城市游牧民的感觉了吗？”

我羡慕地说："没有，我只在草原上，看到过牧民放马。"

"在城市里，现在，我也可以当一个自由的牧民。一人吃饱，全家不饿！我不用管什么别的规则，城市的规则在我这里变了，我像一个自由人。"

"可是到了冬天，你的这个盒子不保温，没有暖气，会很冷的。"

"冬天？没有问题！冬天我会住到城市的肚子里去，老兄！你可能不知道，在城市的地下，有很多可以利用的空间，城市的地底下有很多涵洞、管道、排水系统、秘密地铁和隧道井，有过去的人防工事和地下仓库，有停车场和地下贮备库，有很多空间的，冬天来了，我就进入到地下了，这样就暖和了。"

"那城管的人有没有干扰你？"

"有，城管的人曾经骚扰我，所以，你说的安全感的问题，对于我，恰恰是来自这些执法部门的人，才是最大的坏蛋。他们曾经摧毁了我的盒子，使我不得不重新去找新的盒子，我一开始要躲避他们，有时候，我和他们理论，他们对我很好奇，觉得我不和那些他们认为是老鼠一样讨厌的无照商贩一样，觉得我是一个知识分子，对我尊敬里带着不解，好奇里带着轻蔑——既然你知书达理，你怎么就没有混到社会的上层去？你怎么就没有去住到公寓里？我就给他们讲道理，我从现在的房子的商品化和市场化的失调，到城市人成为房奴，最终导致幸福感的下降，到物业费这么一个莫名其妙的费用的收取，告诉这些年轻人，人，完全可以采取另外一种生活方式，来实验，来取得新的生存经验。当所有的人在做加法的时候，也许，做做减法也很好。他们后来被我说服了，加上媒体后来也报道我的事情了，他们就不大管我了。”

我觉得很羡慕他的智慧。我说，“那么，地下是冬暖夏凉了。可是，这是长久之计吗？你要病了怎么办？”

“我买了大病保险，反正，很奇怪，自从住到盒子里之后，我得病的次数都减少，甚至是没有了，相反，我抵御病菌的侵入，我的抵抗力和免疫力，都增加了。环境恶劣，反而会增加人的适应性。我觉得很好。”

“媒体报道你之后，是不是很多人觉得你很奇怪？是一个现代病人？”

“我看城市里的很多人都是灵魂和肉体得病的人，他们才是病人。”

我就和这个盒子里居住的人一起生活了几天，当然，我不是全天都和他在一起的。我只是有时候和他在一起，每天几个小时，有时候是白天，有时候是夜晚。我觉得这是奇妙的经历。他可能是我看到的新时代的犬儒主义者，而且，他还觉得这样很好。

甚至还有女孩子慕名来看他，而且，他还收获了爱情。

有一天，我发现，在他的盒子边上，又多了一个盒子，我觉得很好奇，就过去看。原来，是北京的唐家岭那边的一个女大学生，一个“蚁族”，看了报道，来找他了，两个人一见钟情了。这是一个喜欢穿红色衣服的女孩子，很年轻，只有23岁，大学毕业一年，在北京工作，一个月两千多元，在唐家岭租房子，看到关于盒子人的报道，就来找他，一下子喜欢上了他。

现在，他们两个盒子并列在一起，就像是鸳鸯一样，看着就那么靠谱，就那么合适，就那么动人。盒子男和盒子女，两个人有了伴，共同生活在这个城市，彼此有了依靠，这是很有趣的结果，也就是说，虽然盒子男失去了房产，但是，他又获得了新的爱情和房子。看着他们幸福的样子，我也很感动。

不久，他们就结婚了。婚礼很热闹，就在大运河的尽头的一处水闸上举行的，附近很多流浪汉、商贩、卖盗版光盘的妇女、流氓地痞、片警、城管、公司同事，等等，都来祝贺他们。我也去了。而就在附近，我看到，中央商务区的高楼大厦，富丽堂皇，直入云霄，玻璃幕墙反射着强烈的、刺目的物质之光。

我最后问他们：“有一天，你们忽然觉得不想住在盒子里了，怎么办呢？”

盒子男回答我，“那我们也许还会选择到偏僻的地方定居的方式。也许，我们就一直住在盒子里，再弄一个更小的盒子，里面住着我们的孩子。盒子会随着我们家庭成员的增加而增加。无论如何，我们现在还不想改变生活方式。请那些对我们有异议的人，尊重我们的生活方式吧。”

15. 我的变化

我感觉我在不由自主地发生变化。我并不抽烟，可是，上次体检的时候，我的肺呈现出金属的反应，把机器都吓了一跳。医生仔细地检查了我的肺，说我的肺里布满了阴影，需要进行彻底检查，结果并没有发现异常。但是，我明白，我的肺一定是有问题的，很可能就是有金属化的倾向了。

对我的肌肉的检查，也显示是有些问题的。我的肌肉的弹性很差。我走路开始变得僵硬，就如同一个机械木偶那样，有些不对劲儿。可是，我尽量隐瞒这一点，无论在公司里，还是在家里，我都尽量掩饰这一点。我清楚地知道，我的身体机能在发生变化，就像那小便池子里的锦鲤一样，我处于整个社会的小便池里，或者说是大便池里也不过分。这可能和我每天吃的食物，每天呼吸的空气、穿的衣服和活动的环境有关。现在，食品的生产、加工、储存、再加工、包装、运输、销售等环节，都有着被污染的可能性，有很多机会食品被添加一些别的东西。虽然我很注意新闻，比如，牛奶里检测出三聚氰胺之后，我就不再喝牛奶了，可是过一段时间，新闻说牛奶安全了，大家好了伤疤忘了疼，就又开始喝了，可是里面有没有三聚氰胺或者别的东西，谁都不好说。因为新闻不再报道，我就不再了解了。

我自己的身体似乎非常敏感，可以吸收和接收到各种我周围加给我的毒素，这些毒素，在我体内的不断积累，我的心肝肾的排毒能力不断下降，因此，我的头发脱落，我悄悄地买了假发，不断地使用生发剂，头发又顽强地长了起来。而且，再长出来的头发十分刚硬，感觉就像钢丝一样。也许我体内的一些无法消化和降解的东西，变成了构成头发的元素了？有时候，我的身上、脸上出现了一些色素沉积和色斑，这也是身体机能发生变化的征兆。于是，我就到美甲中心去给指甲做美容，到美体中心去给身上的皮肤和脸做美容。去掉了那些斑点，我变得浑身雪白和滑溜，但是肌肉依旧很僵硬。

慢慢地，我吃的食物开始了新变化，这是静悄悄地发生的。比如，我吃纸，趁着别人不注意，开始吃复印纸和报纸，办公室里属我用纸最费了。因为，我把那些纸都吃到我的肚子里去了，没有人发现这个秘密。我吃了纸张之后，还喜欢舔油墨，把打印机里的油墨都悄悄地吸干了。我还准备了湿纸巾，去把一些墨水和油墨吸出来，然后悄悄地吮吸掉。我还喜欢用吸管直接吸墨水瓶，就像别人用吸管吃牛羊腔骨的骨髓一样，味道好得很。

接着，我的胃口大开，我开始吃别的东西了。除了纸，我能吃玻璃，能吃铁钉。我最喜欢吃的东西，是订书机用的那种成排的钉书钉。我不喜欢吃各种布匹，软的东西我都不爱吃。因为软的东西，我的胃口没有兴趣。而硬的东西就可以，就很好。软的东西里有棉花和其他纤维，我都不喜欢。

我还喜欢吃木头，木质的铅笔是我的最爱。我吃起铅笔来，就像吃香肠一样香。没有人注意到我吃这些东西，我的妻子也不知道。我不能告诉她，如果告诉她，我会被她认为有病，可是，我知道我没有病，我的身体不过是在发生变化罢了。

我偷偷地吃这些东西，我的身体可以消化这些东西。过去，我看到新闻说，有人吃玻璃、吃铁钉、吃异物，觉得很不可思议，现在，我自己也这么干的时候，我就明白，这是可能的了。当我逐渐变成了可以消化任何过去我不可能吃的东西的人时，我起先想象的我会感到难以接受自己、我会很不平静，可是，我发现，我安之若素。我并不觉得这有什么，我甚至觉得别人一定也出现了我这种状况，可是，他们就是不说罢了。

我的身体变硬，自然和我吃进去的东西有关。而且，这种影响开始在我生活中的一些细节上体现出来。比如，我和妻子做爱，会做很长时间，原因是我的生殖器很硬，就像是一根发热的铁棍子一样，很难射精。我的老婆一开始感觉很享受，但是后来感到这是一个折磨。即使拔出来，我躺在了一边，我的生殖器还挺立在那里，像一个卫兵一样守卫着我的身体，把被子顶起来老高。

另外，我比过去更加容易饥饿了。我的消化能力惊人，因此，我的办公室耗材很大，部门经理、总裁都很生气，但是他们不知道是怎么回事，因为，那些东西都进了我的肚子。在家里，我也尽量控制住自己不要吃掉老婆带回家的一些东西，这些东西的消失会让她疑心自己的记忆力有问题。比如，她的公司的一些文件，连同文件夹都进了我的肚子，而这不过是我在晚上起夜的时候的加餐，到早晨的时候，她一脸疑惑地到处翻找，但是，她哪里知道，文件夹在我的肚子里呢？

我感到我的承受能力在增强。我不再接听来自远方的童大林的说话声了。后来我才知道，他搜集整理当地的污染状况的材料，上告国务院，再次被一些官吏罗织了罪名，以精神不健全的名义，给关到精神病院里了。可是，现在，我感到我的同情心和正义感，都变得麻木，我的心灵也在塑料化，我再也听不到童大林的声音了，他从我的生活中消失了。

在工作中，我也感觉到，我不再对很多事情敏感了。我适应了周围的空气、尾气、钢筋、玻璃、水泥、复印机、传真机、电脑、光辐射、噪声和白噪声，适应了人的脸色的变化和凝固，适应了信号灯、地铁的节奏、点钞机的速度，适应了街头小广告、城管和商贩、井盖的丢失和垃圾分类法，适应了很多东西，然后，我变成了一个塑料男人。

16. 梦

到后来，我感觉我不再会做梦了。很奇怪，我的梦就此消失了。一个不会做梦的人，他的生活会多么的无趣？好在我的妻子还会做梦，白天的时候，早晨醒过来给我做早餐的时候，我们一起吃早餐的时候，她会给我讲述她的梦境。

“我梦见了整个城市都在焚烧，我和你在奔跑，我看到城市里，那些楼厦就像巧克力融化了一样，在坍塌下来，我们到处躲避，可是，你一点都不惊慌。”

“亲爱的，那不过是梦。”

“我梦见我们在黑暗的街上走，可是，街上没有一个人。可是，忽然之间，不知道从哪里出现了大量的老鼠，吱吱叫着向我们扑过来，我们跑啊跑啊，老鼠就在我们后面追。”

“亲爱的，那不过是梦。”

“我梦见我们的邮轮失事了，大邮轮沉没了，我和你坐在救生筏上，周围都是死人，只有我们还活着，可是，鲨鱼的背鳍在我们身边浮动。”

“亲爱的，那不过是梦。”

“我梦见我和你在雪山上攀爬，忽然，前面发生雪崩了，出现了一个大冰缝，我的绳索连着你，我们一起掉进去了，四周又冷又黑暗，可是我们继续往下掉，往下掉。”

“亲爱的，那不过是梦。”

“我梦见我们在一个地下停车场里迷路了，可是，有一辆黑色的轿车一直在尾随我们，我们到处找出口，可就是出不去，而那辆跟踪我们的轿车使劲撞我们，要谋杀我们。”

“亲爱的，那不过是梦。”

“我梦见我们在一座森林里的一间黑屋子里被抓住了，有人把我们两个用麻药迷翻，然后把我们捆在两个皮椅子上，周围全都是人的残肢和断臂。”

“那是你美国恐怖片看多了。”

“我梦见你变成了一个杀人的魔鬼，在一个别墅里面突然发狂了，开始追我，要杀我，我尖叫、奔跑，你一把把我抓住了。”

“我怎么可能杀你呢，亲爱的?”

“我梦见我生了一对双胞胎，可是，你知道吗，这双胞胎，竟然都是死胎，我生了死胎!”她哭了起来。

我赶紧安慰她，并抚摸她的肚皮。在她的肚子里，我们的孩子正在茁壮地成长，并且经常胎动，使劲地踢腿，没有迹象表明孩子有问题。而就在这个时候，胎动又开始了，她感觉到了，我的手也感觉到了，她破涕而笑了。

17. 塑料婴儿

有一天，我的妻子在家里，忽然给我打电话，说她的肚子很疼，可能要生产了。我纳闷，怎么预产期还没有到，就要生产了？

“是不是惯常的阵痛呢？”

“不是，是子宫收缩的阵痛。”

“那真的要生了。”我赶紧回到了家中，这个时候，我的妻子已经跌倒在地毯上，救护车也到了，医生检查了一下，说，“宫缩了，要生产了，还要防止大出血！快到医院！”立即把她拉到了医院。

我也跟着来到了医院。据说，女人生孩子是一件很恐怖的事情，如果一个男人在女人的两腿之间注视了孩子的降生过程，那么，今后他就很难再和这个女人做爱了。我想这是一种很娇气的说法。男人待在产房里，和女人一起体验她分娩的过程，是很重要的。因为，这是男人的阴茎插入女人的阴道导致的一个结果，是男人和女人共同营造的一个过程，因此，男人在现场体验、鼓励、经受女人分娩的过程，应该说是责无旁贷。因此，我选择了在产房里和妻子一起，迎接我们的孩子的降生。

我在妻子的耳朵边鼓励她一切都不要紧，因为，她是勇敢的，马上要做母亲了，是高兴的，是令我极其兴奋的。她生孩子的过程比较顺利，但是，等到孩子生出来，所有的人，医生、护士，连麻醉师都跑过来看，都觉得异常奇怪。

我的妻子生出来了一个不哭不闹的塑料婴儿！

的确是一个塑料婴儿，还是一个男孩儿，睁着我那样的一双眯眯眼，脸蛋很圆，还有一个酒窝，眼睛很黑，很亮，显得很漂亮，可是，他——它就是一动不动，他——它浑身梆梆硬，但是，他——它却是塑料做的，没有生命，因为，他——它不呼吸、不心跳，不眨眼，不哭闹。

我的妻子生出来一个塑料婴儿，这到底是怎么回事呢？

“怎么会是一个塑料婴儿？是你们夫妇在和我们开玩笑吗？是你把这么一个东西塞到产妇的肚子里的吗？”大夫吃惊到癫狂地这么想，这么问我。

我不知道如何回答他，因为，我的吃惊和震惊、沮丧和崩溃是同时到来的。难道是我的问题？我感到我的大脑就是从那时起，开始了塑料化。我呆呆地看了半天我的塑料儿子，在大家的一片惊愕中，大喊一声，狂奔出了医院。

我跑，虽然跑不解决问题，但是，我必须要跑。因为，我生了一个没有呼吸、没有心跳的塑料婴儿。我使劲跑，跑着跑着，我跑到我的骨节都发出了塑料的声音，我自己的确就是一个塑料男人。

那个不哭不闹的我们的塑料儿子，他——它被我们带回家了。我想，尽管是塑料儿子，也是我妻子生的，我们就不能遗弃他——它。我就把他——它摆放到早就准备好的摇篮里，尽管他——它非常安静，一点声音都没有，令人恐怖和疑惑。我妻子因此而变得不再简单方便了，她变得多疑、歇斯底里、情绪反常，忽而抱着塑料儿子哭泣，忽而又狂笑不已，忽而要给孩子喂奶，忽然又用剪刀猛戳塑料儿子的身体。但是，不管她怎么癫狂，我们的塑料儿子就是一声不吭。

一个月之后，我的妻子和我离婚了，因为，我告诉她，我现在是一个塑料男，我们生了一个塑料儿子，可能和我有关。她惊讶地抚摸我的全身。从她的表情看，她的确感觉到我，她的丈夫，已经塑料化了。而她的皮肤、肌肉、阴道都还是有弹性的，还是一个肉身女人，一个活的、美好的女人。她后来提出离婚了。为了她今后的幸福生活，我同意和她离婚。

离婚之后，我离开了家，住在了一个半人高的纸盒子里，在城市里流浪。但是，我没有再找到我曾经造访过的那个盒子里的男人，据说，他已经离开了这座城市。我逐渐地可以不吃不喝了。我逐渐地习惯作为一个塑料人和盒子里的人的生活了。

我曾经被流氓袭击过一次，他们用棍子打我，用刀刺我，我竟然都没有反应，流氓和歹徒非常吃惊，逃之夭夭。

我继续在城市里流浪，在大地上流浪，却没有什么可以毒死我，因为，我自己就是不坏金身，我自己就是这个环境的产物。

后来，我感到厌烦了，就在一个垃圾填埋场附近，挖了一个坑，然后，我自己躺进去，并用土覆盖我，我自己把自己埋葬了。我不知道，我在大自然里降解为颗粒物或者最终不存在，是不是需要至少一百年。

邱华栋主要著作目录

长篇小说：

1. 夜晚的诺言．南京：江苏文艺出版社，1997.

2. 刺客行．北京：群众出版社，1997.

3. 城市战车．北京：作家出版社，1997.

4. 正午的供词．北京：中国青年出版社，2000.

5. 正午的供词（修订版）．南京：江苏文艺出版社，2001.

6. 正午的供词（精装版）．长春：时代文艺出版社，2001.

7. 花儿花．北京：作家出版社，2002.

8. 夏天的禁忌．北京：北京十月文艺出版社，2003.

9. 白昼的躁动（《城市战车》修订版）．北京：新世界出版社，2003.

10. 戴安娜的猎户星．武汉：长江文艺出版社，2004.

11. 青烟．北京：文化艺术出版社，2004.

12. 前面有什么．北京：中国文联出版社，2004.

13. 贾奈达之城（《戴安娜的猎户星》修订版）．北京：人民文学出版社，2007.

14. 单筒望远镜．北京：人民文学出版社，2007.

15. 骑飞鱼的人．北京：人民文学出版社，2007.

16. 教授．武汉：长江文艺出版社，2008.

17. 教授（修订版）．北京：中国工人出版社，2010.

18. 长生．北京：北京十月文艺出版社，2013.

小说集：

1. 别了，十七岁．成都：四川少年儿童出版社，1988.

2. 不要惊醒死者．北京：文化艺术出版社，1992.

3. 城市中的马群．北京：华艺出版社，1996.

4. 把我捆住．北京：中国华侨出版社，1996.

5. 哭泣游戏．武汉：长江文艺出版社，1997.

6. 都市新人类．北京：中国广播电视出版社，1997.

7. 蝇眼．长春：长春出版社，1998.

8. 摇滚北京．北京：中国文联出版社，1998.

9. 太阳帝国．天津：百花文艺出版社，1999.

10. 黑暗河流上的闪光．武汉：湖北教育出版社，2000.

11. 零度疼痛．台北：三民书局，2001.

12. 西北偏北．武汉：长江文艺出版社，2001.

13. 邱华栋小说精品集（上）·手上的星光．北京：华文出版社，2001.

14. 邱华栋小说精品集（中）·天使的洁白．北京：华文出版社，2001.

15. 邱华栋小说精品集（下）·眼睛的盛宴．北京：华文出版社，2001.

16. 出了问题．北京：中国电影出版社，2002.

17. 走向诺贝尔·邱华栋卷．北京：文化艺术出版社，2002.

18. 袋装婴儿．北京：中国文联出版社，2004.

19. 午夜狂欢．北京：中国工人出版社，2004.

20. 社区人．上海：上海文艺出版社，2004.

21. 鼹鼠人．昆明：云南人民出版社，2005.

22. 街上的血．济南：山东文艺出版社，2005.

23. 我在那年夏天的事．北京：中国文联出版社，2005.

24. 玻璃社区．郑州：河南文艺出版社，2006.

25. 来自生活的威胁．桂林：广西师范大学出版社，2011.

26. 可供消费的人生．桂林：广西师范大学出版社，2011.

27. 闯入者．长沙：湖南文艺出版社，2012.

28. 新美人．重庆：重庆大学出版社，2012.

29. 塑料男．沈阳：春风文艺出版社，2012.

30. 后视镜．北京：海豚出版社，2013.

31. 邱华栋短篇小说自选集．北京：新世界出版社，2013.

32. 邱华栋精选集．北京：北京燕山出版社，2014.

散文随笔评论集：

1. 城市的面具——新人类的部族与肖像．兰州：敦煌文艺出版社，1997.

2. 城市漫步．北京：中国广播电视出版社，1999.

3. 酷的一代（与师永刚等合著）．北京：中国戏剧出版社，1999.

4. 集体作业——实验文学的理论与实践（与李敬泽等合著）．北京：中国广播电视出版社，1999.

5. 私人笔记本．北京：中国青年出版社，2000.

6. 城市午夜的游走．天津：天津教育出版社，2001.

7. 山之颜色．昆明：云南人民出版社，2001.

8. 游牧新疆·山之颜色．昆明：云南人民出版社，2001.

9. 影响世界电影 100 名人排行榜（与杨少波合著）．海口：海南出版社，2002.

10. 和大师一起生活．昆明：云南人民出版社，2002.

11. 北京的前世今生（与洪烛合著）．北京：中国文联出版公司，2002.

12. 世界电影大师108将（与杨少波合著）. 昆明：云南人民出版社，2004.

13. 老舍文学家获奖者新作书系·挑灯看剑. 北京：国际文化出版公司，2004.

14. 绝色喀纳斯：金山银水魂牵北疆. 广州：广东旅游出版社，2004.

15. 影响世界电影100名人排行榜（繁体字版）. 台北：联经出版事业公司，2005.

16. 绝色喀纳斯：金山银水魂牵北疆.（繁体字版）. 台北：台湾高谈文化出版有限公司，2005.

17. 日本意象（与祝勇等合著）. 北京：中国旅游出版社，2005.

18. 文坛高峰对话录. 南京：江苏文艺出版社，2009.

19. 电影作者：101位世界杰出导演（与杨少波合著）. 桂林：广西师范大学出版社，2010.

20. 静夜高颂：对66位伟大作家的心灵访问·欧洲卷. 南京：江苏人民出版社，2010.

21. 静夜高颂：对66位伟大作家的心灵访问·美洲、大洋洲卷. 南京：江苏人民出版社，2010.

22. 静夜高颂：对66位伟大作家的心灵访问·亚洲、非洲卷. 南京：江苏人民出版社，2010.

23. 印象北京．桂林：广西师范大学出版社，2010.

24. 挑灯看剑．北京：地震出版社，2013.

25. 同时代的写作者．北京：地震出版社，2013.

26. 亲近文学大师的七十二堂课（四卷）．桂林：漓江出版社，2014.

诗集：

1. 从火到水．桂林：漓江出版社，1991.

2. 花朵与岩石．南宁：接力出版社，1993.

3. 世间最美的情诗（编选品读）．北京：中国青年出版社，2007.

4. 归来者诗丛·光之变．北京：中国青年出版社，2008.

5. 情为何（自印诗集，500 册），2013.

6. 石油史（自印诗集，300 册），2013.

7. 光谱：邱华栋诗选（1985－2015）．武汉：长江文艺出版社，2015.